新文藝

中国现代文学大师读本

老舍幽默小说

舒乙 编

上海文艺出版社

目 录

序 …………………………………… 舒 乙

旅行 …………………………………… 1

热包子 ………………………………… 7

爱的小鬼 ……………………………… 13

一天 …………………………………… 21

狗之晨 ………………………………… 28

当幽默变成油抹 ……………………… 37

同盟 …………………………………… 43

记懒人 ………………………………… 58

不远千里而来 ………………………… 65

马裤先生 ……………………………… 74

辞工 …………………………………… 82

买彩票 ………………………………… 86

开市大吉 ……………………………… 89

有声电影 ……………………………… 99

柳家大院 …………………………… 104

抱孙 ………………………………… 119

柳屯的 ……………………………… 132

善人 ………………………………… 161

丁 …………………………………… 169

番表 ………………………………… 176

"火"车 ……………………………… 182

序

舒 乙

应文艺社之约,编辑老舍《幽默小说》,成书后,有些话,写在前面,一点都不幽默,姑且称为"序"吧,只是为了提供一些必要的背景材料。

一

老舍先生以幽默著称。他早期的作品《老张的哲学》、《赵子曰》、《二马》,三部长篇小说,都很幽默。当时他在英国。回国后,在北平作的第一次公众讲演,题目便是"论滑稽"。当时,曾有人封他为"笑王"。他写了一封《辞王启》:"您封我为'笑王',真是不敢当！依中国逻辑：王必有妃，王必有府，王必有八抬大轿，而我无妃无府无大轿，其'不王'明矣。"

那时，人们未必明了老舍幽默的本质，只是看到了可笑，觉得是他的特点；这点并不错，确实独特，可不完全。

他的代表作之一，长篇小说《离婚》，也是著名的幽默作品。他自己很欢喜《离婚》，以为是他最好的作品之一，他说："我立意要它幽默，可是我这回把幽默看住了，不准它把我带了走。"

还有长篇小说《牛天赐传》，也相当幽默。

在写《牛天赐传》的时候，1934年他出版了一本小书，正式冠以幽默的名字，叫作《老舍幽默诗文集》，其中有新诗，有短篇小说，有散文，有杂文。主要是把他发在天津《益世报》副刊"语林"、上海《论语》半月刊和上海《申报》"自由谈"上的文章集合了一下。还写了一篇有趣的序，罗列了好多种对幽默的理解，说："设若你还不明白，那么，不客气的说，你真和我一样的胡涂了。"《序》的最后一句话是：

"舍猫小球昨与情郎同逃，胡涂人有胡涂猫，合并声明。"

自1934年开始，连续三年，一年出版一本短篇小说集，《赶集》、《樱海集》和《蛤藻集》，其中有不少篇都是非常幽默的，十分精彩。

应该说，1932年至1936年，这五年，是老舍先生写幽默作品的高潮期。

此次编辑的老舍幽默小说集，主要是取自这一时期的短篇小说和小小说。

抗战时期，幽默不起来，但又热衷于写通俗文艺作品，其中的相声，也是一种幽默。

解放后，主要是写话剧，其中有几出喜剧，比如《女店员》，相当幽默。

晚年，有长篇小说《正红旗下》，又回归幽默，而且成为幽默的顶峰，可惜，迫于形势，没有写完。三年之后，死去。

一言以蔽之：

幽默了一辈子，却以悲剧告终。

这一点，或许，是有象征性的：幽默在我国的发展，充满了艰辛曲折，并不轻松愉快。

二

幽默这个词，有一个时期，非但不怎么香，而且有些犯忌，起码是颇有争议。

这主要是由 30 年代初文学上的一场争论引起的。争论的一方是《论语》、《人间世》、《宇宙风》三个刊物的林语堂先生,而另一方则是以鲁迅先生为首的左翼作家。前者提倡"闲适幽默"小品文和"性灵文学",强调自我审视和表现,排斥对外部世界的关注,要求回归自然,作个人生命的本能的、非意识的表现。后者揭露"性灵文学"实质,以为是麻痹民族灵魂的麻醉剂,在风沙扑面,狼虎成群的严重阶级斗争形势下,是十足的抚慰劳人的"圣药",绝对应该排斥。

老舍先生并未参加这场争论。可是,他的"悲剧"在于:一、正在此期间,他创作了大量幽默作品,二、这些幽默作品有不少恰恰是发表在林氏三杂志上,甚至连并不"幽默"的并不"性灵"的《骆驼祥子》也是在《宇宙风》上首次连载发表的。

于是,私下里,甚至,公开的,也有老舍先生属于"论语派"的说法,而这,绝不是恭维他。

实际上,对老舍先生的幽默来说,这完全是一场历史的误会。

难怪,"幽默小说家"这种称呼,在我国,在很长的一段时间里,并不是一种美称,相反,很有些贬义。

此次编辑的小书,正式起名为老舍《幽默小说》,倒有些"正名"的意思。我想,这样起名,大概包含三层意思:

第一、破一破"幽默作品"名声不佳的偏见,让读者自己去鉴别一下,幽默和好坏完全是两个不同范畴的问题。好的幽默作品同样是人类的宝贵精神财富。

第二、老舍先生的幽默作品是他的作品中重要的组成部分,幽默是老舍先生重要的艺术风格之一,不印、不念、不研究他的幽默作品,便不会全面地了解他和理解他,从而也就不能全面地、公允地评价他。

第三、懂得幽默、喜好幽默、欣赏幽默也是人生的一大乐趣,有它比没有它好,它会使生活更加多彩、更加生动、更加文明。并不是人人都懂幽默,也并不是人人都会幽默。幽默本身是个好东西,可是,它也并不很简单。幽默里面挺有学问。

三

老舍先生爱用写喜剧的方式写悲剧。

这是他的重要的特点。

这是他的幽默。

他的幽默并不"闲适",因为他写的是悲剧,而且多是社会悲剧。

在他那里，是"笑定思痛"。

有的时候，"笑定思痛"可能比"痛定思痛"还要痛，还要深刻，还要厉害，还要难忘。

老舍先生的代表作里大多数都是悲剧，《猫城记》是，《骆驼祥子》是，《月牙儿》是，《我这一辈子》是，《四世同堂》是，《茶馆》是，可见，他是个以写悲剧见长的作家，严格地说，他本身的生涯也是一场大悲剧。

然而，老舍先生又以幽默著称。一个撰写悲剧的人以幽默而著称，这显然是一个大矛盾。

他就是一个矛盾的人，而且，这个矛盾正是老舍先生的标志。看不到这个矛盾，便无法理解他。

悲剧，可以正着写，写其苦，写其惨，写其悲，很正经，很沉重；悲剧，也可以反着写，表面上嘻嘻哈哈，开玩笑，嬉笑怒骂全有，很滑稽，很可乐。老舍先生是后一种写法。

他的写法是非理性的，是不合逻辑的，是违反常规的。

可是，这种写法厉害，它引人入胜，它有趣，它能在不知不觉之间让人"上当"，使读者在"不设防"的情况下接受作者的思想。

生活是复杂的，生活中许多现象本来就是非理性的，本来就是不合逻辑的，本来就是非常规的。老舍先生看到了生活的这种复杂性，他忠实地再现了这种复杂性。他嘻嘻哈哈，他开玩笑，他轻松逗乐，但并不妨碍他讲悲惨的故事，也不妨碍他揭露愚昧落后，他写得得心应手，他的一些有名的句子长久地被人们背诵，常常到处借用，成为一种口头语。这就是老舍幽默的魅力，一种由生活中精炼出来的，高度矛盾的，有惊人感染力的表现方式的魅力。话剧《茶馆》中的许多精彩对话不仅是这种魅力的典型体现，而且，《茶馆》全剧本身又何尝不是用写喜剧的方式来写悲剧的范例呢。

就作品通篇来说，最能体现用写喜剧的方式来写悲剧的，还是他的短篇小说，其中最好的是编入本书的《开市大吉》、《柳家大院》、《抱孙》、《"火"车》。

四

老舍先生的幽默还有几个特点，除了上面说的那条之外。

老舍先生的幽默是"热"的。这也许是幽默和讽刺的最大不同之所在。讽刺是"冷"的。讽刺是冷眼旁观，讽刺是一针见血，讽刺是无情的，讽刺是板着脸的。人们常常说冷嘲热讽，其实，嘲和讽都是冷的，热讽大概是形容其厉害的程度，然而心境总是冷静而严厉的。幽默才是热的。幽默并不赶尽杀绝。幽默里有同情，有怜悯，可怜的成分往往大于恨——那个旧制度可恨，而生活在旧制度下的人并不个个都是坏蛋，许多人是赶不上形势，因循守旧，好多人充其量只是些可怜虫。《有声电影》是一篇非常出色的幽默作品，它很短，但很早就被翻译成英文介绍到国外。《有声电影》是老舍先生"热"的幽默的典型。二姥姥们极为愚傻，但愚傻得有些可爱！

老舍先生的幽默既对人又对己。只对别人不对自己不是幽默的特质。幽默常常是揭自己的短，是自嘲，是暴露自己的傻气和开自己的玩笑。人常常犯错，常常有失误，常常陷入窘境。自己当众描述自己的傻或自己的窘，并非人人都会，也并非人人都肯；然而，幽默却往往诞生在这种自我暴露之中。最有幽默感的人往往是最善于和最肯于自己嘲笑自己的人，这种人是人间最善良最坦荡的人，因而也是最可亲近的人。世上最可乐的玩笑正是出自这种富于自嘲式幽默感的人之口。针对自己，这又是幽默是"热"的另一面。短篇小说《一天》当是这一类中的佳作。

老舍先生的幽默是漫画式的夸张。文学幽默和漫画是相通的。对那些真该鞭笞的对象，老舍先生往往采用漫画式的夸张，目的依然是塑造人物，并不以故事情节取景。抓住人物在一种特定环境下的表现，尽量突出其一点，在这一点上尽量添枝加叶，不及其余，尽量挖苦，尽量出丑，加以戏剧化，加以传奇化，推至极端，反而处处都显得可笑了。这方面，老舍先生有几篇短篇小说是很成功的，如《马裤先生》，如《柳屯的》。《柳屯的》甚至可以说是惊心动魄的。

在老舍的短篇幽默作品中还有两篇特别值得一提的作品：

《狗之晨》——绝好的心理幽默小说；

《丁》——相当典型的意识流幽默小说，而它出现在1935年啊，称得上是我国早期意识流作品的代表之一了。

这样大致归归类，粗粗勾划出一些老舍幽默短篇小说的特别之处，但愿能对读者有所启发，不光是对作品，或许，对老舍先生的为人，也能增加一些了解。

还是那句话：幽默来之不易呀。

旅　行

老舍把早饭吃完了，还不知道到底吃的是什么；要不是老辛往他（老舍）脑袋上浇了半罐子凉水，也许他在饭厅里就又睡起觉来！老辛是外交家，衣裳穿的讲究，脸上刮得油汪汪的发亮，嘴里说着一半英国话，一半中国话，和音乐有同样的抑扬顿挫。外交家总是喜欢占点便宜的，老辛也是如此：吃面包的时候擦双份儿黄油，而且是不等别人动手，先擦好五块面包放在自己的碟子里。老方——是个候补科学家——的举动和老舍老辛又不同了：眼睛盯着老辛擦剩下的那一小块黄油，嘴里慢慢的嚼着一点面包皮，想着黄油的成分和制造法，设若黄油里的水分是 1.07？设若搁上 0.67 的盐？……他还没想完，老辛很轻巧的用刀尖把那块黄油又插走了。

吃完早饭，老舍主张先去睡个觉，然后再说别的。老辛老方全不赞成，逼着他去收拾东西，好赶 9 点 45 的火车。老舍没法儿，只好揉眼睛，把七零八碎的都放在小箱子里，而且把昨天买的三个苹果——本来是一个人一个——全偷偷的放在自己的袋子里，预备到没人的地方自家享受。

东西收拾好，会了旅馆的账，三个人跑到车站，买了票，上了车；真巧，刚上了车，车就开了。车一开，老舍手按着袋子里的苹果，又闭上眼了，老辛老方点着了烟卷儿，开始辩论：老辛本着外交家的眼光，说昨天不该住在巴兹，应该一气儿由伦敦到不离死兔，然后由不离死兔回到巴兹来；这么办，至少也省几个先令，而且叫人家看着有旅行的经验。老方呢，哼儿哈儿的支应着老辛，不错眼珠儿的看着手表，计算火车的速度。

火车到了不离死兔，两个人把老舍推醒，就手儿把老舍袋子里的苹果全掏出去。老辛拿去两个大的，把那个小的赏给老方；老方顿时站在站台上想起牛顿看苹果的故事来了。

出了车站，老辛打算先找好旅店，把东西放下，然后再去逛。老方主张先到大学里去看一位化学教授，然后再找旅馆。两个人全有充分的理由，谁也不肯让谁，老辛越说先去找旅馆好，老方越说非先去见化学教授不可。越说越说不到一块儿，越说越不贴题，结果，老辛把老方叫作"科学牛"，老方骂老辛是"外交狗"，骂完还

是没办法,两个人一齐向老舍说:

"你说!该怎么办!?说!"

老舍打了个哈欠,揉了揉眼睛,擦了擦鼻子,有气无力的说:

"附近就有旅馆,拍拍脑袋算一个,找着哪个就算哪个。找着了旅馆,放下东西,老方就赶紧去看大学教授。看完大学教授赶快回来,咱们就一块儿去逛。老方没回来以前,老辛可以到街上转个圈子,我呢,来个小盹儿,你们看怎么样?"

老辛老方全笑了,老辛取消了老方的"科学牛",老方也撤回了"外交狗";并且一齐夸奖老舍真聪明,差不多有成"睡仙"的希望。

一拐过火车站,老方的眼睛快(因为戴着眼镜),看见一户人家的门上挂着:"有屋子出租",他没等和别人商量,一直走上前去。他还没走到那家的门口,一位没头发没牙的老太婆从窗子缝里把鼻子伸出多远,向他说:"对不起!"

老方火儿啦!还没过去问她,怎么就拒绝呀!黄脸人就这么不值钱吗!老方向来不大爱生气的,也轻易不谈国事的;被老太婆这么一气,他可真恼啦!差不多非过去打她两个嘴巴才解气!老辛笑着过来了:

"老方打算省钱不行呀!人家老太婆不肯要你这黄脸鬼!还是听

· 3 ·

我的去找旅馆！"

老方没言语，看了老辛一眼；跟着老辛去找旅馆。老舍在后面随着，一步一个哈欠，恨不能躺在街上就睡！

找着了旅馆，价钱贵一点，可是收中国人就算不错。老辛放下小箱就出去了，老方雇了一辆汽车去上大学，老舍躺在屋里就睡。

老辛老方都回来了，把老舍推醒了，商议到哪里去玩。老辛打算先到海岸去，老方想先到查得去看古洞里的玉笋钟乳和别的与科学有关的东西。老舍没主意，还是一劲儿说困。

"你看，"老辛说："先到海岸去洗个澡，然后回来逛不离死兔附近的地方，逛完吃饭，吃完一睡——"

"对！"老舍听见这个"睡"字高兴多了。

"明天再到查得去不好么？"老辛接着说，眼睛一闭一闭的看着老方。

"海岸上有什么可看的！"老方发了言，"一片沙子，一片水，一群姑娘露着腿逗弄人，还有什么？"

"古洞有什么可看，"老辛提出抗议，"一片石头，一群人在黑洞里鬼头鬼脑的乱撞！"

"洞里的石笋最小的还要四千年才能结成，你懂得什么——"

老辛没等老方说完，就插嘴：

"海岸上的姑娘最老的也不过 25 岁,你懂得什么——"

"古洞里可以看地层的——"

"海岸上可以吸新鲜空气——"

"古洞里可以——"

"海岸上可以——"

两个人越说越乱,谁也不听谁的,谁也听不见谁的。嚷了一阵,两个全向着老舍来了:

"你说,听你的!别再耽误工夫!"

老舍一看老辛的眼睛,心里说:要是不赞成上海岸,他非把我活埋了不可!又一看老方的神气:哼,不跟着他上古洞,今儿个晚上非叫他给解剖了不可!他揉了揉眼睛说:

"你们所争执的不过是时间先后的问题——"

"外交家所要争的就是'先后'!"老辛说。

"时间与空间——"

老舍没等老方把时间与空间的定义说出来,赶紧说:

"这么着,先到外面去看一看,有到海岸去的车呢,便先上海岸;有到查得的车呢,便先到古洞去。我没一定的主张,而且去不去不要紧;你们要是分头去也好,我一个人在这里睡一觉,比什么都平安!"

"你出来就为睡觉吗?"老辛问。

"睡多了于身体有害!"老方说。

"到底怎么办?"老舍问。

"出去看有车没有吧!"老辛拿定了主意。

"是火车还是汽车?"老方问。

"不拘。"老舍回答。

三个人先到了火车站,到海岸的车刚开走了,还有两次车,可都是下午四点以后的。于是又跑到汽车站,到查得的汽车票全卖完了,有一家还有几张票,一看是三个中国人成心不卖给他们。

"怎么办?"老方问。

老辛没言语。

"回去睡觉哇!"老舍笑了。

热 包 子

爱情自古时候就是好出轨的事。不过,古年间没有报纸和杂志,所以不像现在闹得这么血花。不用往很古远里说,就以我小时候说吧,人们闹恋爱便不轻易弄得满城风雨。我还记得老街坊小邱。那时候的"小"邱自然到现在已是"老"邱了。可是即使现在我再见着他,即使他已是白发老翁,我还得叫他"小"邱。他是不会老的。我们一想起花儿来,似乎便看见些红花绿叶,开得正盛;大概没有一人想花便想到落花如雨,色断香销的。小邱也是花儿似的,在人们脑中他永远是青春,虽然他长得离花还远得很呢。

小邱是从什么地方搬来的,和哪年搬来的,我似乎一点也不记得。我只记得他一搬来的时候就带着个年轻的媳妇。他们住我们的外院一间北小屋。从这小夫妇搬来之后,似乎常常听人说:他们俩在夜半里常打架。小夫妇打架也是自古有之，不足为奇；我所希望的是小邱头上破一块，或是小邱嫂手上有些伤痕……我那时候比现在天真的多多了；很欢迎人们打架，并且多少要挂点伤。可是，小邱夫妇永远是——在白天——那么快活和气，身上确是没伤。我说身上，一点不假，连小邱嫂的光脊梁我都看见过。我那时候常这么想，大概他们打架是一人手里拿着一块棉花打的。

小邱嫂的小屋真好。永远那么干净永远那么暖和，永远有种味儿——特别的味儿，没法形容，可是显然的与众不同。小两口味儿，对，到现在我才想到一个适当的形容字。怪不得那时候街坊们，特别是中年男子，愿意上小邱嫂那里去谈天呢，谈天的时候，他们小夫妇永远是欢天喜地的，老好像是大年初一迎接贺年的客人那么欣喜。可是，客人散了以后，据说，他们就必定打一回架。有人指天起誓说，曾听见他们打得咚咚的响。

小邱，在街坊们眼中，是个毛腾厮火①的小伙子。他走路好像永远脚不贴地，而且除了在家中，仿佛没人看见过他站住不动，哪怕是一会儿呢。就是他坐着的时候，他的手脚也没老实着的时候。他的手不是摸着衣缝，便是在凳子沿上打滑溜，要不然便在脸上搓。

---

① 毛腾厮火，形容一个人毛手毛脚，不安生。

他的脚永远上下左右找事做,好像一边坐着说话,还一边在走路,想象的走着。街坊们并不因此而小看他,虽然这是他永远成不了"老邱"的主因。在另一方面,大家确是有点对他不敬,因为他的脖子老缩着。不知道怎么一来二去的"王八脖子"成了小邱的另一称呼。自从这个称呼成立以后,听说他们半夜里更打得欢了。可是,在白天他们比以前更显着欢喜和气。

小邱嫂的光脊梁不但是被我看见过,有些中年人也说看见过。古时候的妇女不许露着胸部,而她竟自被人参观了光脊梁,这连我——那时还是个小孩子——都觉着她太洒脱了。这就是我现在才想起的形容字——洒脱。她确是洒脱:自天子以至庶人好像没有和她说不来的。我知道门外卖香油的,卖菜的,永远给她比给旁人多些。她在我的孩子眼中是非常的美。她的牙顶美,到如今我还记得她的笑容,她一笑便会露出世界上最白的一点牙来。只是那么一点,可是这一点白色能在人的脑中延展开无穷的幻想,这些幻想是以她的笑为中心,以她的白牙为颜色。拿着落花生,或铁蚕豆,或大酸枣,在她的小屋里去吃,是我儿时生命里一个最美的事。剥了花生豆往小邱嫂嘴里送,那个报酬是永生的欣悦——能看看她的牙。把一口袋花生都送给她吃了也甘心,虽然在事实上没这么办过。

小邱嫂没生过小孩。有时候我听见她对小邱半笑半恼的说,凭你个软货也配有小孩?！小邱的脖子便缩得更厉害了,似乎十分伤心的样子;他能半天也不发一语,呆呆的用手擦脸,直等到她说:"买洋火!"他才又笑一笑,脚不擦地飞了出去。

记得是一年冬天,我刚下学,在胡同口上遇见小邱。他的气色非常的难看,我以为他是生了病。他的眼睛往远处看,可是手摸着我的绒帽的红绳结子,问:"你没看见邱嫂吗?"

"没有哇,"我说。

"你没有?"他问得极难听,就好像为儿子害病而占卦的妇人,又愿意听实话,又不愿意相信实话,要相信又愿反抗。

他只问了这么一句,就向街上跑了去。

那天晚上我又到邱嫂的小屋里去,门,锁着呢。我虽然已经到了上学的年纪,我不能不哭了。每天照例给邱嫂送去的落花生,那天晚上居然连一个也没剥开。

第二天早晨,一清早我便去看邱嫂,还是没有;小邱一个人在炕沿上坐着呢,手托着脑门。我叫了他两声,他没答理我。

差不多有半年的工夫,我上学总在街上寻望,希望能遇见邱嫂,可是一回也没遇见。

她的小屋,虽然小邱还是天天晚上回来,我不再去了。还是那么干净,还是那么暖和,只是邱嫂把那点特别的味儿带走了。我常在墙上，空中看见她的白牙，可是只有那么一点白牙，别的已不存在；那点牙也不会轻轻嚼我的花生米。

小邱更毛腾厮火了，可是不大爱说话。有时候他回来的很早，不做饭，只呆呆的愣着。每遇到这种情形，我们总把他让过来，和我们一同吃饭。他和我们吃饭的时候，还是有说有笑，手脚不识闲。可是他的眼时时往门外或窗外瞭那么一下。我们谁也不提邱嫂；有时候我忘了，说了句："邱嫂上哪儿了呢？"他便立刻搭讪着回到小屋里去，连灯也不点，在炕沿上坐着。有半年多，这么着。

忽然有一天晚上，不是五月节前，便是五月节后，我下学后同着学伴去玩，回来晚了。正走在胡同口，遇见了小邱。他手里拿着个碟子。

"干什么去？"我截住了他。

他似乎一时忘了怎样说话了，可是由他的眼神我看得出，他是很喜欢，喜欢得说不出话来。呆了半天，他似乎趴在我的耳边说的：

"邱嫂回来啦，我给她买几个热包子去！"他把个"热"字说得分外的真切。

我飞了家去。果然她回来了。还是那么好看，牙还是那么白，只是瘦了些。

我直到今日，还不知道她上哪儿去了那么半年。我和小邱，在那时候，一样的只盼望她回来，不问别的。到现在想起来，古时候的爱情出轨似乎也是神圣的，因为没有报纸和杂志们把邱嫂的像片登出来，也没使小邱的快乐得而复失。

爱的小鬼

我向来没有见过苓这么喜欢,她的神气几乎使人怀疑了,假如不是使人害怕。她哼唧着有腔无字的歌,随着口腔的方便继续的添凑,好像可以永远唱下去而且永远新颖,扶着椅子的扶手,似乎是要立起来,可是脚尖在地上轻轻的点动,似乎急于为她自造的歌曲敲出节拍,而暂时的忘了立起来。她的眼可是看着天花板,像有朵鲜玫瑰在那儿似的。她的耳似乎听着她自己脸上的红潮进退的微音。她确是快乐得有点忘形。她忽然的跳起来,自己笑着,三步加一跳的在屋中转了几个圈,故意的微喘,嘴更笑得张开些。头发盖住了右眼,用脖子的弹力给抛回头上,然后双手交叉撑住脑勺儿,又看天花板上那朵无形的鲜玫瑰。

"苓!"我叫了她一声。

她的眼光似乎由天上收回到人间来了,刚遇上我的便又微微的挪开一些,放在我的耳唇那一溜儿。

"什么事这么喜欢?"我用逗弄的口气"说"——实在不像是"问"。

"猜吧,"苓永远把两个字,特别是那半个"吧",说得像音乐做的两颗珠子,一大一小。

"谁猜得着你个小狗肚子里又憋什么坏!"我的笑容把那个"!"减去一切应有的分量。

"你个臭东东!打你去!"苓欢喜的时候,"东西"便是"东东"。

"不用打岔,告诉我!"

"偏不告诉你,偏不,偏不!"她还是笑着,可是笑的声儿,恐怕只有我听得出来,微微有点不自然了。

设若我不再往下问,大概三分钟后她总得给我些眼泪看看。设若一定问,也无须等三分钟眼泪便过度的降生。我还是不敢耽误工夫太大了,一分钟冷静的过去,全世界便变成个冰海。迅速定计,可是,真又不容易。爱的生活里有无数的小毛毛虫,每个小毛毛虫都足以使你哭不得笑不得。一天至少有那么几次。

"好宝贝,告诉我吧!"说得有点欠火力,我知道。

她笑着走向我来，手扶在我的藤椅背沿上。

"告诉你吧？"

"好爱人！"

"我妹妹待一会儿来。"

我的心从云中落在胸里。

"英来也值得这么乐，上星期六她还来过呢。还有别的典故，一定。"爱的笑语里时常有个小鬼，名字叫"疑"。

苓的脸，设若，又红起来，我的罪过便只限于爱闹着玩；她的脸上红色退了，我知道还是要阴天！

"你老不许人交朋友！"头一个闪。

"英还同着个人来？"我的雷也响了。

"不理你，不理你啦！"是的，被我猜对了。

一个旧日的男朋友——看爱的情面，我没敢多往这点上想。但是，就假使是个旧日的——爽快的说出来吧——爱人，又有什么关系？没关系，一点关系没有！可是，她那么快乐？天阴得更沉了。

苓又坐在她的小黑椅子上了。又依着发音机关的方便创造着自然的歌，可是并不带分毫歌意。

她和我全不说话了，都心里制造着黑云；雷闪暂时休息，可是大雨快到了。谁也不肯再先放个休战的口号，两个人的战事，因为关系不大,所以更难调解。家庭里需要个小孩,其次是只小狗或小猫;不然,就是一对天使,老在一块儿,也得设法拌几句嘴,好给爱的音乐一点变化。决定去抱只小猫,我计划着;满可以不再生气了,但是"我"不能先投降;好吧,计划着抱只小猫:要全身雪白,短腿、长身,两个小耳朵就像两个小棉花阄儿。这个小白球一定会减少我们俩的小冲突。一定!可是,焉知不因这小白宝贝又发生新战事呢?离婚似乎比抱小白猫还简当,但这是发疯,就是离婚也不能由我提出!君子吗?君子似乎是没多大价值;看不起自己了;还是不能先向她投降;心中要笑;还是设计抱小猫吧!

英来了,暂时屈尊她做做小白猫吧。无论多么好的小姨子,遇到夫妻的冲突,哪怕小的冲突呢,她总是站在她们那边的。特别是定了婚的小姨,像英,因为正恋着自己的天字第一号的男性,不由的便挑剔出姐丈的毛病,以便给她那个人又增补上一些优点。可是我自有办法,我才不当着她们俩争论是非呢;我把苓交给英,便出去走走;她们背地里怎样谈论我,听不见心不烦,爱说什么说什么。这样,英便是小白猫了。

英刚到屋门,我的帽子已在手中,我不能不庆祝我的手急眼快,就是想做个大魔术家也不是全无希望的。况且,脸上那一堆笑纹,倒好像英是发笑药似的。

"出门吗,共产党?"英对我——从她有了固定的情人以后——是一点不带敬意的。

"看个朋友去,坐着啊,晚上等我一块吃饭啊。"声音随着我的脚一同出了屋门,显着异常的缠绵幽默。

出了街门,我的速度减缩了许多,似乎又想回去了。为什么英独自来,而没同着那个人呢?是不是应当在街门外等等,看个水落石出?未免太小气了?焉知苓不是从门缝中窥看我呢?走吧,别闹笑话!偏偏看见个邮差,他的制服的颜色给我些酸感。

本来是不要去看朋友的;上哪儿去呢?走着瞧吧。街上不少女子,似乎今天街上没有什么男的。而且今天遇见的女子都非常的美艳,虽然没拿她们和苓比较,可是苓似乎在我心中已经没有很分明的一个丽像,像往常那样。由她们的美好便想到,我在她们的眼中到底是怎样的人物呢?由这个设想,心思的路线又折回到苓,她到底是佩服我呢,还是真爱我呢?佩服的爱是牺牲,无头脑的爱是真爱,苓的是哪种?借着百货店的玻璃照了照自己,也还看不出十分不得女子的心的地方。英老管我叫共产党,也许我的胡子茬太重,也许因为我太好辩论?可是苓在结婚以前说过,她"就"是爱听我说话。也许现在她的耳朵与从前不同了?说不定。

该回去了,隔着铺户的窗子看看里面的钟,然后拿出自己的表,这样似乎既占了点便宜,又可以多消磨半分来的时间;不过只走了半点多钟。不好就回家,这么短的时间不像去看朋友;君子人总得把谎话作圆到了。

对面来了个人,好像特别挑选了我来问路;我脸上必定有点特别引人注意的地方,似乎值得自傲。

"到万字巷去是往那么走?"他向前指着。

"一点也不错,"笑着,总得把脸上那点特别引人注意的地方做足。

"凑巧您也许知道万字巷里可有一家姓李的,姊妹俩?"

脸上那点刚做足的特点又打了很大的折扣!"是这小子!"心里说。然后问他,"可就是,我也在那儿住家。姊妹俩,怪好看,摩登,男朋友很多?"

那小子的脸上似乎没了日光。"呕"了几声。我心里比吃酸辣汤还要痛快,手心上居然见了汗。

"您能不能替我给她们捎个信?"

"不费事,正顺手。"

"您大概常和她们见面?"

"岂敢,天天看见她们;好出风头,她们。"笑着我自己的那个"岂敢"。

"原先她们并不住在万字巷,记得我给她们一封信,写的不是万字巷,是什么街?"

"大佛寺街,谁都知道她们的历史,她们搬家都在报纸本地新闻栏里登三号字。"

"呕!"他这个"呕"有点像牛闭住了气,"那么,请您就给捎个口信吧,告诉她们我不再想见她们了——"

"正好!"我心里说。

"我不必告诉您我的姓名,您一提我的样子她们自会明白。谢谢!"

"好说!我一定把信带到!"我伸出手和他握了握。

那小子带着五百多斤的怒气向后转。我往家里走——不是走,是飞。

到了家中。胜利使我把嫉妒从心里铲净,只是快乐,乐得几乎错吻小姨。但是街上那一幕还在心中消化着,暂且闷她们一会儿。

"他怎还不来?"英低声问苓。

我假装没听见。心里说,"他不想再见你们!"

苓在屋中转开了磨,时时用眼偷着瞭我一下;我假装写信。

"你告诉他是这里,不是——"苓低声的问。

"是这里,"英似乎也很关切,"我怕他去见伯母,所以写信说咱俩都住在这里。也没告诉他你已结了婚。"

我心中笑得起了泡。

"你始终也没看见他?"

"你知道他最怕妇女,尤其是怕见结过婚的妇女。"我的耳朵似乎要惊。

"他一晃儿走了八年了,一听说他来我直欢喜得像个小鸟。"苓说。

我憋不住了,"谁?"

"我们舅舅家的大哥!由家里逃走八年了!他待一会儿也许就来,他来的时候你可得藏起去,他最不喜欢见亲戚!"

"为什么早不告诉我?"我的声音有点发颤。

"你不是看朋友去了吗?谁知道你这么快就回来。我要明明白白的告诉你,你光景是不会相信么,臭男人们,脏心眼多着呢!"

她们的表哥始终没来。

一 天

闹钟应当，而且果然，在六点半响了。睁开半只眼，日光还没射到窗上；把对闹钟的信仰改为崇拜太阳，半只眼闭上了。

八点才起床。赶快梳洗，吃早饭，饭后好写点文章。

早饭吃过，吸着第一枝香烟，整理笔墨。来了封快信，好友王君路过济南，约在车站相见。放下笔墨，一手扣钮，一手戴帽，跑出去，门口没有一辆车；不要紧，紧跑几步，巷口总有车的。心里想着：和好友握手是何等的快乐；最好强迫他下车，在这儿住哪怕是一天呢，痛快的谈一谈。到了巷口，没一个车影，好像车夫都怕拉我似的。

又跑了半里多路才遇上了一辆，急忙坐上去，津浦站！车走得很快，决定误不了，又想象着好友的笑容与语声，和他怎样在月台上东张西望的盼我来。

怪不得巷口没车，原来都在这儿挤着呢，一眼望不到边，街上挤满了车，谁也不动。西边一家绸缎店失了火。心中马上就决定好，改走小路，不要在此死等，谁在这儿等着谁是傻瓜；马上告诉车夫绕道儿走，显出果断而聪明。

车进了小巷。这才想起在街上的好处：小巷里的车不但是挤住，而且无论如何再也退不出。马上就又想好主意，给了车夫一毛钱，似猿猴一样的轻巧跳下去。挤过这一段，再抓上一辆车，还可以不误事，就是晚也晚不过十来分钟。

棉袄的底襟挂在小车子上，用力扯，袍子可以不要，见好友的机会不可错过！袍子扯下一大块，用力过猛，肘部正好碰着在娘怀中的小儿。娘不假思索，冲口而成，凡是我不爱听的都清清楚楚的送到耳中，好像我带着无线广播的耳机似的。孩子哭得奇，嘴张得像个火山口；没有一滴眼泪，说好话是无用的；凡是在外国可以用"对不起"了之的事，在中国是要长期抵抗的。四围的人——五个巡警，一群老头儿，两个女学生，一个卖糖的，廿多小伙子，一只黄狗——把我围得水泄不通；没有说话的，专门能看哭骂，笑嘻嘻的看着我挨雷。幸亏卖糖的是圣人，向我递了个眼神，我也心急手快，抓了一大把糖塞在小孩的怀中；火山口立刻封闭：四围的人皆大失望。给了糖钱,我见缝就钻,杀出重围。

到了车站,遇见中国旅行社的招待员。老那么和气而且眼睛那么尖,其实我并不常到车站,可是他能记得我,"先生取行李吗?"

"接人!"这是多余说,已经十点了,老王还没有叫火车晚开一个钟头的势力。

越想头皮越疼,几乎想要自杀。

出了车站,好像把自杀的念头遗落在月台上了。也好吧,赶快归去写文章。

到了家,小猫上了房;初次上房,怎么也下不来了。老田是六十多了,上台阶都发晕,自然婉谢不敏,不敢上墙。就看我的本事了,当仁不让,上墙!敢情事情都并不简单,你看,上到半腰,腿不晓得怎的会打起转来。不是颤而是公然的哆嗦。老田的微笑好像是恶意的,但是我还不能不仗着他扶我一把儿。

往常我一叫"球",小猫就过来用小鼻子闻我,一边闻一边咕噜。上了房的球和地上的大不相同了,我越叫球,球越往后退。我知道,我要是一直的向前赶,球会退到房脊那面去,而我将要变成"球"。我的好话说多了,语气还是学着妇女的:"来,啊,小球,快来,好宝贝,快吃肝来……"无效!我急了,开始恫吓,没用。

磨烦了一点来钟,二姐来了,只叫了一声"球",球并没理我,可是拿我的头作桥，一跳跳到了墙头，然后拿我的脊背当梯子，一直跳到二姐的怀中。

兄弟姐妹之间，二姐是我最好的朋友。她第一个好处便是不阻碍我的工作。每逢看见我写字，她连一声都不出；我只要一客气，陪她谈几句，她立刻就搭讪着走出去。

"二姐，和球玩会儿，我去写点字。"我极亲热的说。

"你先给我写几个字吧，你不忙啊？"二姐极亲热的说。

当然我是不忙，二姐向来不讨人嫌，偶尔求我写几个字，还能驳回？

二姐是求我写封信。这更容易了。刚由墙上爬下来，正好先试试笔，稳稳腕子。

二姐的信是给她婆母的外甥女的干姥姥的姑舅兄弟的侄女婿的。二姐与我先决定了半点多钟怎样称呼他。在讨论的进程中，二姐把她婆母的、婆母的外甥女的、干姥姥的、姑舅兄弟的性格与相互的关系略微说明了一下，刚说到干姥姥怎么在光绪廿八年掉了一个牙，老田说吃午饭得了。

吃过午饭，二姐说先去睡个小盹，醒后再告诉我怎样写那封信。

我是心中搁不下事的，打算把干姥姥放在一旁而去写文章，一定会把莎士比亚写成外甥女婿。好在二姐只是去打一个小盹。

二姐的小盹打到三点半才醒，她很亲热的道歉，昨夜多打了四圈小牌。不管怎着吧，先写信。二姐想起来了，她要是到东关李家去，一定会见着那位侄女婿的哥哥，就不要写信了。

二姐走了。我开始重新整理笔墨，并且告诉老田泡一壶好茶，以便把干姥姥们从心中给刺激走。

老田把茶拿来，说，外边调查户口，问我几月的生日。"正月初一！"我告诉老田。

凡是老田认为不可信的事，他必要和别人讨论一番。他告诉巡警：他对我的生日颇有点怀疑，他记得是三月；不论如何也不能是正月初一。巡警起了疑，顿时觉得有破获共产党机关的可能，非当面盘问我不可。我自然没被他们盘问短，我说正月与三月不过是阴阳历的差别，并且告诉他们我是属狗的。巡警一听到戌狗亥猪，当然把共产党忘了；又耽误了我一刻多钟。

整四点。忘了，图画展览会今天是末一天！但是，为写文章，牺牲了图画吧。又拿起笔来。只要许我拿起笔来，就万事亨通，我不怕在多么忙乱之后，也能安心写作。

门铃响了，信，好几封。放着信不看，信会闹鬼。第一封：创办老人院的捐启。第二封：三舅问我买洋水仙不买？第三封：地址对，姓名不对，是否应当打开？想了半天，看了信皮半天，笔迹，邮印，全细看过，加以福尔摩斯的判断法；没结果，放在一旁。第四封：新书目录，从头至尾看了一遍，没有我要看的书。第五封：友人求找事，急待答复。赶紧写回信，信和病一样，越耽误越难办。信写好，邮票不够了，只欠一分。叫老田，老田刚刚出去。自己跑一遭吧，反正邮局不远。

发了信，天黑了。饭前不应当写字，看看报吧。

晚饭后，吃了两个梨，为是有助于消化，好早些动手写文章。刚吃完梨，老牛同着新近结婚的夫人来了。

老牛的好处是天生来的没心没肺。他能不管你多么忙，也不管你的脸长到什么尺寸，他要是谈起来，便把时间观念完全忘掉。不过，今天是和新妇同来，我想他决不会坐那么大的工夫。

牛夫人的好处，恰巧和老牛一样，是天生来的没心没肺。我在八点半的时候就看明白了：大概这二位是在我这里度蜜月。我的方法都使尽了：看我的稿纸，打个假造的哈欠，造谣言说要去看朋友，叫老田上钟弦，问他们什么时候安寝，顺手看看手表……老牛和牛夫人决定赛开了谁是更没心没肺。十点了，两位连半点要走的意思都没有。

"咱们到街上走走，好不好？我有点头疼。"我这么提议，心里计划着：陪他们走几步，回来还可以写个两千多字，夜静人稀更写得快。我是向来不悲观的。

随着他们走了一程，回来进门就打喷嚏，老田一定说我是着了凉，马上就去倒开水，叫我上床，好吃阿司匹灵。老田的命令是不能违抗的，我要是一定不去睡，他登时就会去请医生。也好吧，躺在床上想好了主意明天天一亮就起来写。"老田，把闹钟上到五点！"

老田又笑了，不好和老人闹气，不然的话，真想打他两个嘴巴。

身上果然有点发僵，算了吧，什么也不要想了，快睡！两眼闭死，可是不困，数一二三四，越数越有精神。大概有十一点了，老田已经停止了咳嗽。他睡了，我该起来了，反正是睡不着，何苦瞎耗光阴。被窝怪暖和的，忍一会儿再说，只忍五分钟，起来就写。肚里有点发热，阿司匹灵的功效，还倒舒服。似乎老牛又回来了，二姐，小球……

"起吧，八点了！"老田在窗外叫。

"没上闹钟吗？没告诉你上在五点上吗？"我在被窝里发怒。

"谁说没上呢，把我闹醒了；您大概是受了点寒，发烧，耳朵不大灵，嘿！"

生命似乎是不属于自己的，我叹了口气。稿子应该就发出了，还一个字没有呢！

"老田，报馆没来人催稿子吗？"

"来了，说请您不必忙了，报馆昨晚被巡警封了门。"

狗 之 晨

东方既明,宇宙正在微笑,玫瑰的光吻红了东边的云。大黑在窝里伸了伸腿;似乎想起一件事,啊,也许是刚才做的那个梦;谁知道,好吧,再睡。门外有点脚步声!耳朵竖起,像雨后的两枝蘑菇叶;嘴,可是,还舍不得项下那片暖,柔,有味的毛。眼睛睁开半个。听出来了,又是那个巡警,因为脚步特别笨重,闻过他的皮鞋,马粪味很大;大黑把耳朵落下去,似乎以为巡警是没有什么趣味的东西。但是,脚步到底是脚步声,还得听听;啊,走远了。算了吧,再睡。把嘴更往深里顶了顶,稍微一睁眼,只能看见自己的毛。

刚要一迷糊,哪来的一声猫叫?头马上便抬起来。在墙头上呢,一定。可是并没看到;纳闷:是那个黑白花的呢,还是那个狸子皮的？想起那狸子皮的，心中似乎不大起劲；狸子皮的抓破过大黑的鼻子，不光荣的事，少想为妙。还是那个黑白花的吧，那天不是大黑几乎把黑白花的堵在墙角么？这么一想，喉咙立刻痒了一下，向空中叫了两声。

"安顿着，大黑！"屋中老太太这么喊。

大黑翻了翻眼珠，老太太总是不许大黑咬猫！可是不敢再作声，并且向屋子那边摇了摇尾巴。什么话呢，天天那盆热气腾腾的食是谁给大黑端来？老太太！即使她的意见不对也不能得罪她，什么话呢，大黑的灵魂是在她手里拿着呢。她不准大黑叫，大黑当然不再叫。假如不服从她，而她三天不给端那热腾腾的食来？大黑不敢再往下想了。

似乎受了刺激，再也睡不着；咬咬自己的尾巴，大概是有个狗蝇，讨厌的东西！窝里似乎不易找到尾巴，出去。在院里绕着圆圈找自己的尾巴，刚咬住，"不棱"，又被（谁？）夺了走，再绕着圈捉。有趣，不觉得嗓子里哼出些音调。

"大黑！"

老太太真爱管闲事啊！好吧，夹起尾巴，到门洞去看看。坐在门洞，顺着门缝往外看，喝，四眼已经出来遛早了！四眼是老朋友：那天要不幸亏是四眼，大黑一定要输给二青的！二青那小子，处处是大黑的仇敌：抢骨头，闹恋爱，处处他和大黑过不去！假如那天他咬住大黑的耳朵？十分感激四眼！"四眼！"热情地叫着。四眼正在墙根找到包厢似的方便所在，刚要抬腿；"大黑，快来，到大院去跑一回？"

大黑焉有不同意之理，可是，门，门还关着呢！叫几声试试，也许老头就来开门。叫了几声，没用。再试试两爪，在门上抓了一回，门纹丝没动！

眼看着四眼独自向大院跑去！大黑真急了，向墙头叫了几声，虽然明知道自己没有上墙的本领。再向门外看看，四眼已经没影了。可是门外走着个叫化子，大黑借此为题，拼命的咬起来。大黑要是有个缺点，那就是好欺侮苦人。见汽车快躲，见穷人紧追，大黑几乎由习惯中形成这么两句格言。叫化子也没影了，大黑想象着狂咬一番，不如是好像不足以表示出自己的尊严，好在想象是不费什么实力的。

大概老头快来开门了，大黑猜摸着。这么一想，赶紧跑到后院去，以免大清早晨的就挨一顿骂。果然，刚到后院，就听见老头儿去开街门。大黑心中暗笑，觉得自己的智慧足以使生命十分有趣而平安。

等到老头又回到屋中，大黑轻轻的顺着墙根溜出去。出了街门，抖了抖身上的毛，向空中闻了闻，觉得精神十分焕发。然后又伸了个懒腰，就手儿在地上磨了磨脚趾甲，后腿蹬起许多的土，沙沙的打在墙上，非常得意。在门前蹲坐起来，耳朵立着，坐着比站着身量高，加上两个竖立的耳朵，觉得自己很伟大而重要。

刚这么坐好，黄子由东边来了。黄子是这条胡同里的贵族，身量大，嘴是方的，叫的声音瓮声瓮气。大黑的耳朵渐渐往下落，心里嘀咕：还是坐着不动好呢，还是向黄子摆摆尾巴好呢，还是以进为退假装怒叫两声呢？他知道黄子的厉害，同时，又要顾及自己的尊严。他微微的回了回头，呕，没关系，坐在自己家门口还有什么危险？耳朵又微微的往上立，可是其余的地方都没敢动。

黄子过来了！在离大黑不远的一个墙角闻了闻，好像并没注意大黑。大黑心中同时对自己下了两道命令："跑！""别动！"

黄子又往前凑了凑，几乎是要挨着大黑了。大黑的胸部有些颤动。可是黄子还好似没看见大黑，昂然走过去。他远了，大黑开始觉得不是味道：为什么不乘着黄子没防备好而扑过去咬他一口？十分的可耻，那样的怕黄子。大黑越想越看不起自己。为发泄心中的怒气，开始向空中瞎叫。继而一想，万一把黄子叫回来呢？登时立起来，向东走去，这样便不会和黄子走个两碰头。

大黑不像黄子那样在道路当中卷起尾巴走。而是夹着尾巴顺墙根往前溜；这样，如遇上危险，至少屁股可以拿墙作后盾，减少后方的防务。在这里就可以看出大黑并不"大"；大黑的"大"和小花的"小"，都不许十分较真的。可是他极重视这个"大"字，特别和他主人在一块的时候，主人一喊"大"黑，他便觉得自己至少有骆驼那么大，跟谁也敢拼一拼。就是主人不在眼前的时候，他也不敢承认自己是小。因为连不敢这么承认还不肯卷起尾巴走路呢；设若根本的自认渺小，那还敢出来走走吗。"大"字是他的主心骨。"大"字使他对小哈巴狗，瘦猫，叫花子，敢张口就咬；"大"字使他有时候对大狗——像黄子之类的——也敢露一露牙，和嗓子眼里细叫几声；而且主人在跟前的时候"大"字使他甚至于敢和黄子干一仗，虽明知必败，而不得不这样牺牲。狗的世界是不和平的，大黑专仗着这个"大"字去欺软怕硬的享受生命。

大黑的长相也不漂亮，而最足自馁的是没有黄子那样的一张方嘴。狗的女性们，把吻永远白送给方嘴；大黑的小尖嘴，猛看像个子粒不足的"老鸡头"，就是把舌头伸出多长，她们连向他笑一下都觉得有失尊严。这个，大黑在自思自叹的时候，不能不归罪于他的父母。虽然老太太常说，大黑的父亲是饭庄子的那个小驴似的老黑，他十分怀疑这个说法。况且谁是他的母亲？没人知道！大黑没有可靠的家谱作证，所以连和四眼谈话的时候，也不提家事；大黑十分伤心。更不敢照镜子；地上有汪水，他都躲开。对于大黑，顾影是不能引起自怜的。那条尾巴！细，软，毛儿不多，偏偏很长，就是卷起来也不威武，况且卷着还很费事；老得夹着！

大黑到了大院。四眼并没在那里。大黑赶紧往四下看看，好在二青什么的全没在那里，心里安定了些。由走改为小跑，觉得痛快。好像二青也算不了什么，而且有和二青再打一架的必要。再和二青打的时候，顶好是咬住他一个地方，死不撒嘴，这样必能制胜。打倒了二青，再联络四眼战败黄子，大黑便可以称雄了。

远处有吠声，好几个狗一同叫呢。细听，有她的声音！她，小花！大黑向她伸过多少回舌头，摆过多少回尾巴；可是她，她连正眼瞧大黑一眼也不瞧！不是她的过错；战败二青和黄子，她自然会爱大黑的。大黑决定去看看，谁和小花一块唱恋歌呢。快跑。别，跑太快了，和黄子碰个头，可不得了；谨慎一些好。四六步的跑。

看见了：小花，喝，围着七八个，哪个也比大黑个子大，声音高！无望！不便于过去。可是四眼也在那边呢；四眼敢，大黑为何不敢？可是，四眼也个子不小哇，至少四眼的尾巴卷得有个样儿。有点恨四眼，虽然是好朋友。

大黑叫开了。虽然不敢过去，可是在远处示威总比那一天到晚闷在家里的小哈巴狗强多了。那边还有个小板凳狗，安然的在家门口坐着,连叫也不敢叫;大黑的身分增高了很多,凡事就怕比较。

那群大狗打起来了。打得真厉害,啊,四眼倒在底下了。哎呀四眼;呕,活该;到底他已闻了小花一鼻子。大黑的嫉妒把友谊完全忘了。看,四眼又起来了,扑过小花去了,大黑的心差点跳出来了,自己耗着转了个圆圈。啊,好!小花极骄慢的躲开四眼。好,小花,大黑痛快极了。

那群大狗打过这边来了,大黑一边看着一边退步,心里说:别叫四眼看见,假如一被看见,他求我帮忙,可就不好办了。往后退,眼睛呆看着小花,她今天特别的骄傲,好看。大黑恨自己!退得离小板凳狗不远了,唉,拿个小东西杀杀气吧!闻了小板凳一下,小板凳跳起来,善意的向大黑腿部一扑,似乎是要和大黑玩耍玩耍。大黑更生气了:谁和你个小东西玩呢?牙露出来,耳朵也立起来示威。小板凳真不知趣:轻轻抓了地几下,腰儿塌着,尾巴卷着直摆。大黑知道这个小东西是不怕他,嘴张开了,预备咬小东西的脖子。正在这个当儿,大狗们跑过来了。小板凳看着他们,小嘴儿噘着巴巴的叫起来,毫无惧意。大黑转过身来,几乎碰着黄子的哥哥,比黄子还大,鼻子上一大道白,这白鼻梁看着就可怕!大黑深恐小板凳的吠声引起他们的注意,而把大黑给围在当中。可是他们只顾追着小花,一群野马似的跑了过去,似乎谁也没有看到大黑。大黑的耻辱算是到了家,他还不如小板凳硬气呢!

似乎得设法叫小板凳看出大黑是和那群大狗为伍的:好吧,向前赶了两步,轻轻的叫了两声,瞭了小板凳一眼,似乎是说:你看,我也是小花的情人;你,小板凳,只配在这儿坐着。

风也似的,小花在前,他们在后紧随,又回来了!躲是来不及了,大黑的左右都是方嘴——都大得出奇!他们全身没有一根毛能舒坦的贴着肉皮子,全离心离骨的立起来。他的腿好像抽出了骨头,只剩下些皮和筋,而还要立着!他的尖嘴向四围纵纵着,只露出一对大牙。他的尾巴似乎要挤进肚皮里去。他的腰躬着,可是这样缩短,还掩不住两旁的筋骨。小花,好像是故意的,挤了他一下。他一点也不觉得舒服,急忙往后退。后腿碰着四眼的头。四眼并没招呼他。

一阵风似的,他们又跑远了。大黑哆嗦着把牙收回嘴中去,把腰平伸了伸,开始往家跑。后面小板凳追上来,一劲巴巴的叫。大黑回头龇了龇牙:干吗呀,你!似乎是说。

回到家中,看了看盆里,老太太还没把食端来。倒在台阶上,舐着腿上的毛。

"一边去!好狗不挡道,单在台阶上趴着!"老太太喊。

翻了翻白眼,到墙根去卧着。心中安定了,开始设想:假如方才不害怕,他们也未必把我怎样了吧!后悔:小花挤了我一下,假使乘那个机会……决定不行,决定不行!那个小板凳!焉知小板凳不是个女性呢,竟自忘了看!谁和小板凳讲交情呢!

门外有人拍门。大黑立刻精神起来,等着老太太叫大黑。

"大黑!"

大黑立刻叫起来,往下扑着叫,觉得自己十二分的重要威严。老太太去看门,大黑跟着,拼命的叫。

送信的。大黑在老太太脚前扑着往外咬。邮差安然不动。老太太踢了大黑一腿:"怎这么讨厌,一边去!"

大黑不敢再叫,随着老太太进来,依旧卧在墙根。肚中发空,眼瞭着食盆,把一切都忘了,好像大黑的生命存在与否只看那个黑盆里冒热气不冒!

当幽默变成油抹

小二小三玩腻了：把落花生的尖端咬开一点，夹住耳唇当坠子，已经不能再作，因为耳坠不晓得是怎回事，全到了他们肚里去；还没有人能把花生吃完再拿它当耳坠！《儿童世界》上的插图也全看完了，没有一张满意的，因为据小二看，画着王家小五是王八的才能算好画，可是插画里没有这么一张。小二和王家小五前天打了一架，什么也不因为，并且一点不是小二的错，一点也不是小五的错；谁的错呢？没人知道。"小三，你当马吧？"小三这时节似乎什么也愿意干，只是不愿意当马。"再不然，咱们学狗打架玩？"小二又出了主意。"也好，可是得真咬耳朵？"小三愿事先问好，以免咬了小二的耳朵而去告诉妈妈。咬了耳朵还怎么再夹上花生当耳坠呢？小二不愿意。唱戏吧？好，唱戏。但是，先看看爸和妈干什么呢。假如

· 37 ·

爸不在家，正好偷偷的翻翻他那些杂志，有好看的图画可以撕下一两张来；然后再唱戏。

爸和妈都在书房里。爸手里拿着本薄杂志，可是没看；妈手里拿着些毛绳，可是没织；他们全笑呢。小二心里说大人也是好玩呀，不然，爸为什么拿着书不看，妈为什么拿着线不织？

爸说："真幽默，哎呀，真幽默！"爸嘴上的笑纹几乎通到耳根上去。

这几天爸常拿着那么一薄本米色皮的小书喊幽默。

小二小三自然是不懂什么叫幽默，而听成了油抹；可是油抹有什么可笑呢？小三不是为把油抹在袖口上挨过一顿打吗！大人油抹就不挨打而嘻嘻，不公道！

爸念了，一边念一边嘻嘻，眼睛有时候像要落泪，有时候一句还没念完，嘴里便哈哈哈。妈也跟着嘻嘻嘻。念的什么子路——小三听成了紫鹿——又是什么三民主义，而后嘻嘻嘻——一点也不可笑，而爸与妈偏嘻嘻嘻！

决定过去看看那小本是什么。爸不叫他们看："别这儿捣乱，一边儿玩去！"妈也说："玩去，等爸念完再来！"好像这个小薄本比什么都重要似的！也许爸和妈都吃多了；妈常说小孩子吃多了就胡闹，爸与妈也是如此。

念了半天，爸看了看表，然后把小本折好了一页，极小心的放在写字台的抽屉里："晚上再念；得出门了。"

"再念一段！"妈这半天连一针活也没作，还说再念一段呢，真不害羞！小三心里的小手指头直在脸上削，"没羞没臊，当间儿画个黑老道！"

"晚上，晚上！凑巧还许把第十期买来呢！"爸说，还是笑着。

爸爸走了，走到院里还嘻嘻呢；爸是吃多了！

妈拿着活计到里院去了。

小二小三决定要犯犯"不准动爸的书"的戒命。等妈走远了，轻轻的开了抽屉，拿出那本叫爸和妈嘻嘻的宝贝。他们全把大拇指放在嘴里咂着，大气不出的去找那招人笑的小鬼。他们以为书中必是有个小鬼，这个小鬼也许就叫做油抹。人一见油抹就要嘻嘻，或是哈哈。找了半天，一篇一篇全是黑字！有一张画，看不懂是什么，既不是小兔搬家，又不是小狗成亲，简直的什么也不像！这就可乐呀？字和这样的画要是可乐，为什么妈不许我们在墙上写字画图呢？

"咱们还是唱戏去吧？"小三不耐烦了。

"小三，看，这个小盒也在这儿呢，爸不许咱们动，愣偷偷的看看？"小二建议。

已经偷看了书，为什么不再偷看看小盒？就是挨打也是一顿。

小三想的很精密。

把小盒轻轻打开,喝,里边一管挨着一管,都是刷牙膏,可是比刷牙膏的管小些细些。小二把小铅盖转了转,挤,咕——挤出滑溜溜的一条小红虫来,哎呀有趣!小三的眼睛得像两个新铜子,又亮又圆。"来,我挤一个!"他另拿了管,咕——挤出条碧绿的小虫来。

一管一管,全挤过了,什么颜色的也有,真好玩!小二拿起盒里的一支小硬笔,往笔上挤了些红膏,要往牙上擦。

"小二,别,万一这是爸的冻疮药呢?"

"不能,冻疮药在妈的抽屉里呢。"

"等等,不是药,也许呀,也许呀——"小三想了半天想不出是什么。

"这么着吧,小三,把小管全挤在桌上,咱们打花脸吧?"

"唱——那天你和爸听什么来着?"小三的戏剧知识只是由小二得来的那些。

"有花脸的那个?嘀咕的嘀咕嘀嘀咕!《黄河楼》!"

"就唱《黄河楼》吧!你打红脸、我打绿脸。嘀咕嘀——"

"《黄河楼》里没有绿脸!"小二觉得小三对扮戏是没发言权的。

"假装的有个绿脸就得了吗!糖挑上的泥人戏出就有绿脸的。"

两个把管里的小虫全挤得越长越好,而后用小硬笔往脸上抹。

"小二,我说这不是牙膏,你瞧,还油亮油亮的呢。喝,抹在脸上有点漆得慌!"

"别说话;你的嘴直动,我怎给你画呀?!"小二给小三的腮上打些紫道,虽然小三是要打绿脸。

正这么打脸,没想到,爸回来了!

"你们俩干什么呢?干什么呢!"

"我们——"小二一慌把小刷子放在小三的头上。

小三,正闭着眼等小二给画眉毛,睁开了眼。

"你们干什么?!"爸是动了气,"二十多块一盒的油!"

"对啦,爸,我们这儿油抹呢!"小三直抓腮部,因为油漆得不好受。

"什么油抹呀?"

"不是爸看这本小书的时候,跟妈说,真油抹,爸笑妈也笑吗?"

"这本小书?"爸指着桌上那本说,"从此不再看《论语》!"

爸真生了气。一下子坐在椅子上,气哼哼的,不自觉的,从衣袋里掏出一本小书——样子和桌上那本一样。

乘着爸看新买来的小书,小二小三七手八脚把小管全收在盒里,小三从头上揭下小笔,也放进去。

爸又看入了神,嘴角又慢慢往上弯。小二们的《黄河楼》是不敢唱了,可也不敢走开,敬候着爸的发落。

爸又嘻嘻了,拍了大腿一下:"真幽默!"

小三向小二咬耳朵:"爸是假装油抹,咱们才是真油抹呢!"

同　盟

"男子即使没别的好处：胆量总比女人大一些。"天一对爱人说，因为她把男人看得不值半个小钱。

"哼！"她的鼻子里响了声，天一的话只值得用鼻子回答。

"天一虽然没胆量，可是他的话说得不错；男子，至少是多数的男子，比你们女人胆儿大。天一，你很怕鬼，是不是？我就不管什么鬼不鬼，专好走黑路！"子敬对爱人说，拿天一作了她所看不起的男子的代表。

"哼！"她的鼻子里响了一声，把子敬和天一全看得不值半个小钱。

他们俩都以她为爱人，写信的时候都称她为"我的粉红翅的安琪儿"。可是她——玉春——高兴的时候才给他们一个"哼"。

看见子敬也挨了一哼,天一的心差点乐碎了:"我怕鬼;也不是谁,那天电灯忽然灭了,吓得登时钻了被窝?"

"对了,也不是谁,那天看见一个老鼠,嘴唇都吓白了?"子敬也发了问。

"也不是谁,那天床上有个鸡毛,吓得直叫唤?"

"也不是谁,那天——"

玉春没等子敬说出男子胆大的证据,发了命令:"都给我出去!"

二位先生立刻觉出服从是必要的,一齐微笑,一齐立起,一齐鞠躬,一齐出去。

出了她的屋门,二位立刻由情敌改为朋友。

"子敬,还得回去,圆上脸面。"天一说,"咱俩一齐上她的屋顶,表示男子登梯爬高也不眼晕?"

"万一要真眼晕,从房上滚下来呢,岂不是当场出丑?"子敬不赞成。

"再说,咱们的新洋服也六十多块一身呢;爬一身土?不!"天一看了看自己的裤缝比子敬的直些,更不愿上房了,"你说怎么办?"

"咱们俩三天不去找她,"子敬建议,"到第三天晚上,你我前后脚到她那里去,假装咱们俩也三天没见面了,咱们一见面,你就问我:子敬,老没见呀,上哪儿啦?我就造一片谣言,说什么表嫂被鬼迷住了，我去给赶鬼。然后我就问你，天一，老没见呀，上哪儿啦？你就造一片谣言，说家里闹狐狸精，盆碗大酒坛子满屋里飞，你回家去捉妖。这个主意怎样？"

"不错，可也不十分高明，"天一取了批评的态度说，"第一，我三天不去，你要是偷偷的去了呢？不公道！"

"一言为定，谁也不准私自去。咱们俩讲究联合起来，公开的，和她求爱；看到底谁能得胜，这才叫难能可贵！谁要是背地里加油，谁就不算人！"子敬带着热情声明。

"好了，第二，咱们造谣，她可得信哪？"天一问。

"这里还有文章，"子敬非常的得意，"我刚才说什么时候去找她？晚上。为什么要在晚上？女人在晚上胆子更小。你我拼命的说鬼，小眼鬼，大眼鬼，牛头鬼，歪脖鬼，越多越好，越厉害越好，你说，她得害怕不？她一害怕，咱俩就告辞，她还不央告咱们多坐一会儿？这，她已经算输了。咱们乐得多坐一会儿，可是不要再提半个鬼字。然后，你或者我，立起来说：唉！忘了，还得出城呢！好在路上只经过五六块坟地，不算什么；有鬼也打它个粉碎！你或是我这么说完就走。然后剩下的那位也立起来，也说些什么到亲戚家去守尸那类的话，也就出来。谁先走谁在巷口上等，咱们好一块儿回来。"

"她相信吗?"

"管她信不信呢,"子敬笑了,"反正半夜里独自走道,女人就来不及。就是她不信咱们去打鬼守尸,她也得佩服咱们敢在半夜里独行。"

"对!现在要说第三,咱们三天不去,岂不是给小李个好机会?你难道不知道她给小李的哼声比给咱们的柔和着一半?"

"这——"子敬确是要思索会儿了;想了半天,有了主意,"你要晓得,天一,在爱情的进程里须有柔有刚,忽近忽远;一味的缠磨,有时适足惹起厌恶,因为你老不给她想念你的机会,她自然对你不敬。反之,在相当的时节给她个休息三天,你看吧,她再见你的时候,管保另眼看待,就好像三个星期没看电影以后,连破片子也觉得有趣。咱们三天不去,而小李天天去,正可以减少他的价值,而增高我们的身份。咱们先约好,你给她买水果,我买鲜花;而且要理发刮脸,穿新洋服,这一下子要不把小李打退十里才怪!"

"有理!"天一十分佩服子敬。

"这只是一端,还有花样呢,"子敬似乎说开了头,话是源源而来,"咱们还可以当面和小李挑战,假如他也在那儿的话——我想咱们必定遇上他。咱们就可以老声老气的问他:小李,不跟我到王家坟绕个弯?或是,小李,跟我去守尸吧?他一定说不去;在她面前,咱们又压过他一头。"

天一插嘴:"他要是不输气,真和咱们去,咱们岂不漏了底?"

"没那回事!他干什么没事发疯去半夜绕坟地玩呀,他正乐得我们出去;他好多坐一会儿——可是适足以增加她的厌恶心。他又不认识咱们的亲戚,他去守哪门子尸呀;当然说不去。只要他一说不去,咱们就算战胜,因为女子的心细极了,她总要把爱人们全丝毫不苟的称量过,然后她挑选个最合适的——最合适的,并非是最好的,你要晓得。你看,小李的长相,无须说,是比咱俩漂亮些。"

"哼!"天一差点把鼻子弄成三个鼻孔。

"可是,漂亮不是一切。假如个个女子'能'嫁梅博士,不见得个个就'愿'嫁他。小李漂亮及格,而无胆量,便不是最合适的;女子不喜欢女性的男人;除非是林黛玉那样的痨病鬼,才会爱那个傻公子宝玉,可是就连宝玉也到底比黛玉强健些,是不是?看吧,我的计划决弄不出错儿来!等把小李打倒,那便要看你我见个高低了。"子敬笑了。

天一看了看自己的拳头,并不比子敬的大,微觉失意。

小李果然是在她那里呢。

子敬先到,献上一束带露水的紫玫瑰。

她给他一个小指叫他挨了一挨,可是没哼。他的脸比小李的多着二两雪花膏。

天一次到,献上一筐包纸印洋字的英国罐形梨。

她给他一个小指叫他挨了一挨,可是没哼。他的头发比小李的亮得多着二十烛光。

"喝,小李,"二人一齐唱,"领带该换了!"

她的眼光在小李的项下一扫。二人心中痒了一下。

"天一,老没见哪?别太用功了;得个学士就够了,何必非考留洋不可呢?"子敬独唱。

"不是;不用提了!"天一叹了口气,"家里闹狐狸。"

"哟!"子敬的脸落下一寸。

"家里闹狐狸还往这儿跑干吗?"玉春说,"别往下说,不爱听!"

天一的头一炮没响,心中乱了营。

"大概是闹完了?"子敬给他个台阶,"别说了,怪叫人害怕!我倒不怕;小李你呢?"

"晚上不大爱听可怕的事,"小李回答。

子敬看了天一一眼。

"子敬,老没见哪?"天一背书似的问,"上哪儿去?"

"也是可怕的事,所以不便说,怕小李害怕;表哥家里闹大头鬼,我——"

玉春把耳朵用手指堵上。

"呕,对不起!不说就是了。"子敬很快活的道歉。

小李站起来要走。

"咱们也走吧?"天一探探子敬的口气。

"你上哪儿?"子敬问。

"二舅过去了,得去守尸,家里还就是我有点胆子。你呢?"

"我还得出城呢,好在只过五六块坟地,遇上一个半个吊死鬼也还没什么。"子敬转问小李,"不出城和我绕个弯去?坟地上冒绿火,很有个意思。"

小李摇了摇头。

天一和小李先走了,临走的时候天一问小李愿意陪他守尸去不?小李又摇了摇头。

剩下子敬和玉春。

"小李都好,"她笑着说,"就是胆量太小,没有男子气。请原谅我,按说不应当背后讲究人,都是好朋友。"

"他的胆子不大。"她承认了。

"一个男人没有胆气可不大好办。"子敬叹惜着。

· 49 ·

"一个男人要是不诚实,假充胆大,就更不好办。"她看着天花板说。

子敬胸中一恶心。

"请你告诉天一以后少来,我不愿意吃他的果子,更不愿意听闹狐狸!"

"一定告诉他:以后再来,我不约着他就是了。"

"你也少来,不愿意什么大头鬼小头鬼的吓着我的小李。小李的领带也用不着你提醒他换;我是干什么的?再说,长得俊也不在乎修饰;我就不爱看男人的头发亮得像电灯泡。"

天一清早就去找子敬,心中觉得昨晚的经过确是战胜了小李——当着她承认了胆小。

子敬没在宿舍,因为入了医院。

子敬在医院里比不在医院里的人还健美,脸上红扑扑的好像老是刚吃过一杯白兰地。可是他要住医院——希望玉春来看他。假如她拿着一束鲜花来看他,那便足以说明她还是有意,而他还大有希望。

她压根儿没来!

于是他就很喜欢:她不来,正好。因为他的心已经寄放在另一地方。

天一来看他，带来一束鲜花，一筐水果，一套武侠爱情小说。到底是好朋友，子敬非常感谢天一；可是不愿意天一常来，因天一头一次来看朋友，眼睛就专看那个小看护妇，似乎不大觉得子敬是他所要的人。而子敬的心现在正是寄放在小看护妇的身上，所以既不以玉春无情为可恼，反觉得天一的探病为多事。不过，看在鲜花水果的面上，还不好意思不和天一瞎扯一番。

"不用叫玉春臭抖，我才没有工夫给她再送鲜花呢！"子敬决定把玉春打入冷宫。

"她的鼻子也不美！"天一也觉出她的缺点。

"就会哼人，好像长鼻子不为吸气，只为哼气的！"

"那还不提，鼻子上还有一排黑雀斑呢！就仗着粉厚，不然的话，那只鼻子还不像个斑竹短烟嘴？"

"扇风耳朵！"

"故意的用头发盖住，假装不扇风！"

"上嘴唇多么厚！"

"下嘴唇也不薄，两片夹馅的鸡蛋糕，白叫我吻也不干！"

"高领子专为掩盖着一脖子泥！"

"小短手就会接人家的礼物！"

粉红翅的安琪儿变成一个小钱不值。

天一舍不得走；子敬假装要吃药，为的是把天一支出去。二人心中的安琪儿现在不是粉红翅的了，而是像个玉蝴蝶：白帽，白衣，白小鞋，耳朵不扇风，鼻子不像斑竹烟嘴，嘴唇不像两片鸡蛋糕，脖子上没泥，而且胳臂在外面露着，像一对温泉出的藕棒，又鲜又白又香甜。这还不过是消极的比证；积极的美点正是非常的多：全身没有一处不活泼，不漂亮，不温柔，不洁净。先笑后说话，一嘴的长形小珍珠。按着你的头闭上了眼，任你参观，她是只顾测你的温度。然后，小白手指轻动，像蟋蟀的须儿似的，在小白本上写几个字。你碰她的鲜藕棒一下，不但不恼，反倒一笑。捧着药碗送到你的唇边。对着你的脸问你还要什么。子敬不想再出院，天一打算也赶紧搬进来，预防长盲肠炎。好在没病住院，只要纳费，谁也不把你撵出去。

子敬的鲜花与水果已经没地方放。因为天一有时候一天来三次；拿子敬当幌子，专为看她。子敬在院内把看护所应作的和帮助作的都尝试过，打清血针，照爱克司光；洗肠子；越觉得她可爱：老是那么温和，干净，快活。天一在院外把看护的历史族系住址籍贯全打听明白；越觉得她可爱：虽够不上大家闺秀，可也不失之为良家碧玉。子敬打算约她去看电影，苦于无法出口——病人出去看电影似乎不成一句话。天一打算请她吃饭，在医院外边每每等候半点多钟，一回没有碰到她。

"天一，"子敬最后发了言，"世界上最难堪的是什么?"

"据我看是没病住医院。"天一也来得厉害。

"不对。是一个人发现了爱的花，而别人老在里面捣乱!"

"你是不喜欢我来?"

"一点不错；我的水果已够开个小铺子的了，你也该休息几天吧。"

"好啦，明天不再买果子就是，来还是要来的。假如你不愿意见我的话，我可以专来找她；也许约她出去走一走，没准!"

天一把子敬拿下马来了。子敬假笑着说：

"来就是了，何必多心呢! 也许咱们是生就了的一对朋友兼情敌。"

"这么说，你是看上了小秀珍?"天一诈子敬一下。

"要不然怎会把她的名字都打听出来!"子敬也不示弱。

"那也是个本事!"天一决定一句不让。

"到底不如叫她握着胳臂给打清血针。你看，天一，这只小手按着这儿，那只小手嗞——打得浑身发麻!"

天一馋得直咽唾沫，非常的恨恶子敬；要不是看他是病人，非打他一顿不可,把清血药汁全打出来!

天一的脸气得像大肚坛子似的走了,决定明天再来。

天一又来了。子敬热烈的欢迎他。

"天一,昨天我不是说咱俩天生是好朋友一对?真的!咱们还得合作。"

"又出了事故?"天一惊喜各半的问。

"你过来,"子敬把声音降低得无可再低,"昨天晚上我看见给我治病的那个小医生吻她来着!"

"喝!"天一的脸登时红起来,"那怎么办呢?"

"还是得联合战线,先战败小医生再讲。"

"又得设计?老实不客气的说,对于设计我有点寒心,上次——"

"不用提上次,那是个教训,有上次的经验,这回咱们确有把握。上次咱们的失败在哪儿?"

"不诚实,假充大胆。"

"是呀。来,递给我耳朵。"以下全是嘀咕嘀咕。

秀珍七点半来送药——一杯开水,半片阿司匹灵。天一七点二十五分来到。

秀珍笑着和天一握手,又热又有力气。子敬看着眼馋,也和她握手,她还是笑着。

"天一,你的气色可不好,怎么啦?"子敬很关心的问。

"子敬,你的胆量怎样?假如胆小的话,我就不便说了。"

"我?为人总得诚实,我的胆子不大。可是,咱们都在这儿,还怕什么?说吧!"

"你知道,我也是胆小——总得说实话。你记得我的表哥?西医,很漂亮——"

"我记得他,大眼睛,可不是,当西医;他怎么啦?"

"不用提啦!"天一叹了一口气,"把我表嫂给杀了!"

"哟!"子敬向秀珍张着嘴。

"他不是西医吗,好,半夜三更撒癔症,用小刀把表嫂给解剖了!"天一的嘴唇都白了。

"要不怎么说,姑娘千万别嫁给医生呢!"子敬对秀珍说,"解剖有瘾,不定哪时一高兴便把太太作了试验,不是玩的!"

"我可怕死了!"天一直哆嗦,"大卸八块,嗐,我的天爷!秀珍女士,原谅我,大晚上的说这么可怕的事!"

"我才不怕呢,"秀珍轻慢的笑着,"常看死人。我们当看护的没有别的好处,就是在死人面前觉到了比常人有胆量,尸不怕,血不怕；除了医生就得属我们了。因此，我们就是看得起医生！"

"可是，医生作梦把太太解剖了呢？"天一问。

"那只是因为太太不是看护。假如我是医生的太太，天天晚上给他点小药吃，消食化水，不会作噩梦。"

"秀珍！"小医生在门外叫，"什么时候下班哪？我楼下等你。"

"这就完事；你进来，听听这件奇事。"秀珍把医生叫了进来，"一位大夫在梦中把太太解剖了。"

"那不足为奇！看护妇作梦把丈夫毒死当死尸看着，常有的事。胆小的人就是别娶看护妇，她一看不起他，不定几时就把他毒死，为是练习看守死尸。就是不毒死他，也得天天打他一顿。胆小的男人，胆大的女人，弄不到一块！走啊，秀珍，看电影去！"

"再见——"秀珍拉着长声，手拉手和小医生走出去。

子敬出了院。

天一来看他。"干什么玩呢，子敬？"

"读点妇女心理，有趣味的小书！"子敬依然乐观。

"子敬，你不是好朋友，独自念妇女心理！"

"没的事！来，咱们一块儿念。念完这本小书，你看吧，一来一个准！就怕一样——四角恋爱。咱们就怕四角恋爱。上两回咱们都输了。"

"顶好由第三章,'三角恋爱'念起。"

"好吧。大概几时咱俩由同盟改为敌手,几时才真有点希望,是不是?"

"也许。"

记 懒 人

一间小屋，墙角长着些兔儿草，床上卧着懒人。他姓什么？或者因为懒得说，连他自己也记不清了。大家只呼他为懒人，他也懒得否认。

在我的经验中，他是世上第一个懒人，因此我对他很注意：能上"无双谱"的总该是有价值的。

幸而人人有个弱点，不然我便无法与他来往；他的弱点是喜欢喝一盅。虽然他并不因爱酒而有任何行动，可是我给他送酒去，他也不坚持到底的不张开嘴。更可喜的是三杯下去，他能暂时的破戒——和我说话。我还能舍不得几瓶酒么？所以我成了他的好友。自然我须把酒杯满上，送到他的唇边，他才肯饮。为引诱他讲话，我能不殷勤些？况且过了三杯，我只须把酒瓶放在他的手下，他自己便会斟满的。

他的话有些,假如不都是,很奇怪可喜的。而且极其天真,因为他的脑子是懒于搜集任何书籍上的与旁人制造的话的。他没有常识,因此他不讨厌。他确是个宝贝,在这可厌的社会中。

据他说,他是自幼便很懒的。他不记得他的父亲是黄脸膛还是白净无须;他三岁的时候,他的父亲死去;他懒得问妈妈关于爸爸的事。他是妈妈的儿子,因为她也是懒得很有个模样儿。旁的妇女是孕后九或十个月就生产。懒人的妈妈怀了他一年半,因为懒得生产。他的生日,没人晓得;妈妈是第一个忘记了它,他自然想不起问。

他的妈妈后来也死了,他不记得怎样将她埋葬。可是,他还记得妈妈的面貌。妈妈,虽在懒人的心中,也难免被想念着;懒人借着酒力叹了一口十年未曾叹过的气;泪是终于懒得落的。

他入过学。懒得记忆一切,可是他不能忘记许多小四方块的字,因为学校里的人,自校长至学生,没有一个不像活猴儿,终日跳动;所以他不能不去看那些小四方块,以得些安慰。最可怕的记忆便是"学生"。他想不出为何他的懒妈将他送入学校去,或者因为他入了学,她可以多心静一些?苦痛往往逼迫着人去记忆。他记得"学生"——一群推他打他挤他踢他骂他笑他的活猴子。他是一块木头。

被猴子们向四边推滚。他似乎也毕过业,但是懒得去领文凭。

"老子的心中到底有个'无为'萦绕着,我连个针尖大的理想也没有。"他已饮了半瓶白酒,闭着眼说。

"人类的纷争都是出于好事好动:假如人都变成桂树或梅花,世上当怎样的芳香静美?"我故意诱他说话。

他似乎没有听见,或是故意懒得听别人的意见。

我决定了下次再来,须带白兰地;普通的白酒还不够打开他的说话机关的。

白兰地果然有效,他居然坐起来了。往常他向我致敬只是闭着眼,稍微动一动眉毛。然后,我把酒递到他的唇边,酒过三杯,他开始讲话,可是始终是躺在床上不起来。酒喝足了,在我告辞之际,他才肯指一指酒瓶,意思是叫我将它挪开;有的时候他连指指酒瓶都觉得是多事。

白兰地得着了空前的胜利,他坐起来了!我的惊异就好似看见了死人复活。我要盘问他了。

"朋友,"我的声音有点发颤,大概因为是有惊有喜,"朋友,在过去的经验中,你可曾不懒过一天或一回没有呢?"

"天下有多少事能叫人不懒一整天呢?"他的舌头有点僵硬。我心中更喜欢了:被酒激硬的舌头是最喜欢运动的。

"那么，不懒过一回没有呢?"

他没当时回答我。我看得出，他是搜寻他的记忆呢。他的脸上有点很近于笑的表示——这不过是我的猜测，我没见过他怎样笑。过了好久，他点了点头，又喝下一杯酒，慢慢的说：

"有过一次。许久许久以前的事了。设若我今年是四十岁——没心留意自己的岁数——那必是我二十来岁的事了。"

他又停顿住了。我非常的怕他不再往下说，可是也不敢促迫他；我等着，听得见我自己的心跳。

"你说，什么事足以使懒人不懒一次。"他猛孤丁的问了我一句。

我一时找不到相当的答案；不知道是怎么想起来的，我这么答对了他：

"爱情，爱情能使人不懒。"

"你是个聪明人!"他说。

我也吞了一大口白兰地，我的心几乎要跳出来。

他的眼合成一道缝，好像看着心中正在构成着的一张图画。然后像自己念道："想起来了!"

我连大气也不敢出的等着。

"一株海棠树，"他大概是形容他心里哪张画，"第一次见着她，便是在海棠树下。开满了花，像蓝天下的一大团雪，围着金黄的蜜蜂。我与她便躺在树下，脸朝着海棠花，时时有小鸟踏下些花片，像些雪花，落在我们的脸上，她，那时节，也就是十几岁吧，我或者比她大一些。她是妈妈的娘家的；不晓得怎样称呼她，懒得问。我们躺了多少时候？我不记得。只记得那是最快活的一天：听着蜂声，闭着眼用脸承接着花片，花荫下见不着阳光，可是春气吹拂着全身，安适而温暖。我们俩就像埋在春光中的一对爱人，最好能永远不动，直到宇宙崩毁的时候。她是我理想中的人儿。她和妈妈相似——爱情在静里享受。别的女子们，见了花便折，见了镜子就照，使人心慌意乱。她能领略花木样的恋爱；我是讨厌蜜蜂的，终日瞎忙。可是在那一天，蜜蜂确是不错，它们的嗡嗡使我半睡半醒，半死半生；在生死之间我得到完全的恬静与快乐。这个快乐是一睁开眼便会失去的。"

他停顿了一会儿，又喝了半杯酒。他的话来得流畅轻快了："海棠花开残，她不见了。大概是回了家，大概是。临走的那一天，我与她在海棠树下——花开已残，一树的油绿叶儿，小绿海棠果顶着些黄须——彼此看着脸上的红潮起落，不知起落了多少次。我们都懒得说话。眼睛交谈了一切。"

"她不见了，"他说得更快了，"自然懒得去打听，更提不到去找她。想她的时候，我便在海棠树下静卧一天。第二年花开的时候，她没有来,花一点也不似去年那么美了,蜂声更讨厌。"

这回他是对着瓶口灌了一气。

"又看见她了,已长成了个大姑娘。但是,但是,"他的眼似乎不得力的眨了几下,微微有点发湿,"她变了。她一来到,我便觉出她太活泼了。她的话也很多,几乎不给我留个追想旧时她怎样静美的机会了。到了晚间,她偷偷的约我在海棠树下相见。我是日落后向不轻动一步的,可是我答应了她;爱情使人能不懒了,你是个聪明人。我不该赴约,可是我去了。她在树下等着我呢。'你还是这么懒?'这是她的第一句话,我没言语。'你记得前几年,咱们在这花下?'她又问,我点了点头——出于不得已。'唉!'她叹了一口气,'假如你也能不懒;你看我!'我没说话。'其实你也可以不懒的;假如你真是懒得到家,为什么你来见我?你可以不懒!咱们——'她没往下说,我始终没开口,她落了泪,走开。我便在海棠下睡了一夜,懒得再动。她又走了。不久听说她出嫁了。不久,听说她被丈夫给虐待死了。懒是不利于爱情的。但是,她,她因不懒而丧了一朵花似的生命!假如我听她的话改为勤谨,也许能保全了她,可也许丧掉我的命。假如她始终不改懒的习惯,也许我们到现在还是同卧在海棠花下,虽然未必是活着,可是同卧在一处便是活着,永远的活着。只有成双作对才算爱,爱不会死!"

· 63 ·

"到如今你还想念着她?"我问。

"哼,那就是那次破了懒戒的惩罚!一次不懒,终身受罪,我还不算个最懒的人。"他又卧在床上。

我将酒瓶挪开。他又说了话:

"假如我死去——虽然很懒得死——请把我埋在海棠花下,不必费事买棺材。我懒得理想,可是既提起这件事,我似乎应当永远卧在海棠花下——受着永远的惩罚!"

过了些日子,我果然将他埋葬了。在上边临时种了一株海棠;有海棠树的人家没有允许我埋人的。

不远千里而来

听说榆关失守,王先生马上想结婚。在何处举行婚礼好呢?天津和北平自然不是吉地,香港又嫌太远。况且还没找到爱人。最好是先找爱人。不过这也有地方的问题在内:在哪里找呢?在兵荒马乱的地方虽然容易找到女人,可是婚姻又非"拍拍脑袋算一个"的事。还是得到歌舞升平的地方去。于是王先生便离开北平;一点也不是怕日本鬼子。

王先生买不到车票;东西两站的人就像上帝刚在站台上把他们造好似的,谁也不认识别处,只有站台和火车是圣地,大家全钉在那里。由东站走,还是由西站走,王先生倒不在乎;他始终就没有定好目的地:上哪里去都是一样,只要躲开北平就好——谁要怕日本谁是牛,不过,万一真叫王先生受点险,谁去结婚?东站也好,西站也好，反正得走。买着票也走，买不着票也走，一走便是上吉。

王先生急中生智，到了行李房，要把自己打行李票：人而当行李，自然可以不必买车票了。行李房却偏偏不收带着腿的行李！无论怎说也不行；王先生只能骂行李房的人没理性，别无办法。

有志者事竟成，王先生并不是没志的废物点心。他由正阳门坐上电车，上了西直门。在那里一打听，原来西直门的车站是平绥路的。王先生很喜欢自己长了经验，而且深信了时势造英雄的话。假如不是亲身到了西直门，他怎能知道火车是有固定的路线，而不是随意溜达着玩的？可是，北方一带全不是吉地，这条路是走不得的。这未免使他有点不痛快。上哪儿去呢？不，还不是上哪里去的问题，而是哪里有火车坐呢？还是得上东站或西站，假如火车永远不开，也便罢了；只要它开，王先生就有走开的可能。买了些水果，点心，烧酒，决定到车站去长期等车："小子，咱老王和你闭了眼啦，非走不可！就是坐烟筒也得走！"王先生对火车发了誓。

又回到东站，因为东站看着比西站体面些；预备作新郎的人，事事总得要个体面。等了五小时，连站台的门也没挤进去！王先生虽然着急，可是头脑依然清楚："只要等着，必有办法；况且即使在等着的时节，日本兵动了手，到底离着车站近的比较的有逃开的希望。好比说吧，枪一响，开火车的还不马上开车就跑？那么，老王你也便能跳上车去一齐跑，根本无须买票。一跑，跑到天津，开车的一直把火车开到英租界大旅社的前面；跳下来，啪！进了旅馆；喝点咖啡，擦擦脸，车又开了，一开开到南京，或是上海；"今夜晚前后厅灯光明亮——"王先生唱开了"二黄"。

又等了三点钟，王先生把所知道的二黄戏全唱完，还是没有挤进站台的希望。人是越来越多，把王先生拿着的苹果居然挤碎了一个。可是人越多，王先生的心里越高兴，一来是因为人多胆大，就是等到半夜去，也不至于怕鬼。二来是人多了即使掉下炸弹来，也不能只炸死他一个；大家都炸得粉碎，就是往阴曹地府走着也不寂寞。三来是后来的越多，王先生便越减少些关切；自己要是着急，那后来的当怎么着呢，还不该急死？所以他越看后方万头攒动，他越觉得没有着急的必要。可是他不愿丢失了自己已得到的优越，有人想把他挤到后面去，王先生可是毫不客气的抵抗。他的胳臂肘始终没闲着，有往前挤的，他便是一肘，肋骨上是好地方；胸口上便差一点，因为胸口上肘得过猛便有吐血的危险，王先生还不愿那么霸道，国难期间使同胞吐了血，不好意思；肋骨上是好地方；王先生的肘都运用得很正确。

车开走了一列。王先生更精神了。有一列开走，他便多一些希望；下列还不该他走吗？即使下列还不行，第三列总该轮到他了，大有希望。忍耐是美德,王先生正体行这个美德;在车站睡上三夜两夜的也不算什么。

旁边一位先生把一口痰吐在王先生的鞋上。王先生并没介意,首要的原因是四围挤得太紧,打架是无从打起,于是连骂也都不必。照准了那位先生的衣襟回敬了一口,心中倒还满意。

天是黑了。问谁,都说没有夜车。可是明天白昼的车若不连夜等下去便是前功尽弃。好在等通夜的大有人在,王先生决定省一夜的旅馆费。况且四围还有女性呢,女人可以不走,男人要是退缩,岂不被女流耻笑!王先生极勇敢的下了决心。牺牲一切,奋斗到底!他自己喊着口号。

一夜无话,因为冻了个半死。苦处不小,可是为身为国还说不上不受点苦。自然人家有势力的人,可以免受这种苦,可是命是不一样的,有坐车的就得有拉车的;都是拉车的,没有坐车的,拉谁?有势力的先跑,有钱的次跑,没钱没势的不跑等死。王先生究竟还不是等死之流,就得知足。受点苦还要抱怨么?火车分头二三等,人也是如此。就是别叫日本鬼子捉住,好,捉了去叫我拉火车,可受不了!一夜虽然无话,思想照常精密;况且有瓶烧酒,脑子更受了些诗意的刺激。

第二天早晨,据旁人说,今天不一定有车。王先生拿定主意,有车无车给它个死不动窝。焉知不是诈语！王先生的精明不是诈语所能欺得过的。一动也不动；一半也是因为腿有点发麻。

绝了粮，活该卖馒头的发点财，一毛钱两个，贵也得吃，该发财的就发财，该破财的就破财，胳臂拧不过大腿去，不用固执。买馒头。卖馒头的得踩着人头才能递给他馒头，也不容易；连不买馒头的也不容易，大家不容易，彼此彼此，共赴国难。卖馒头的发注小财，等日本人再抢去，也总得算报应，可也替他想不出好办法：自己要是有馒头卖，还许一毛钱"一"个呢？

一直等到四点，居然平浦特别快车可以开。王先生反觉得事情不应当这么顺利；才等了一天一夜！可是既然能走了，也就不便再等。

上哪儿去呢？

上海也并不妥当，古时候不是十九路军在上海打过法国鬼子吗？虽然打得鬼子跪下央告"中国爷爷"，可是到底飞机扔开花弹，炸死了不少稻香村的伙计，人肠子和腊肠一齐飞上了天！上海要是不可靠，南京便更不要提，南京没有租界地呀！江西有共产党：躲一枪，挨一刀，那才犯不上！

前边那位买济南府，二等。好吧，就是济南府好了。济南惨案不知道闹着没有？到了再说，看事情不好再往南跑，好主意。

· 69 ·

买了二等票,可是得坐三等车,国难期间,车降一等。还不对,是这么着:不买票的——自然是有势力的——坐头等。买头等的坐二等。买二等的坐三等。买三等的拿着票地上走,假如他愿意运动运动的话;如若不愿意运动呢,可以拿着车票回去住两天,过两天再另买票来。王先生非常得意,因为神差鬼使买了二等票;坐三等无论怎说是比地上走强的。

车上已经挤死了两位;谁也不敢再坐下,只要一坐下就不用想再立起来,专等着坐化。王先生根本就没想坐下。他的地方也不错,正在车当中,车一歪,靠窗的人全把头碰在车板上,而他只把头碰在人们的身上。他前后的客人也安排得恰当——老天爷安排的,当然是——前面的那位身量很小,王先生的下巴正好放在那位的头上休息一下。后面的那位身体很胖,正好给王先生作个围椅,而且极有火力。王先生要净一净鼻子,手当然没法提上来,只须把前面客人的头当炮架子,用力一激,两筒火山的岩汁就会喷出,虽喷出不很远,可是落在人家的脊背上。王先生非常的满意。

车到了天津,没有一位敢下车活动活动的,而异口同声的骂:"怎么还不开车?王八旦的!"天津这个地名听着都可怕,何况身临其境,而且要停一点多钟。大家都不敢下车,连站台上都不敢偷看一眼;万一站台上有个日本小鬼,和你对了眼光,不死也得大病一场。由总站开老站,由老站开总站,你看这个麻烦劲!等雷呢!大家是没见着站长,若是见着,一人一句也得把他骂死了。"《大公报》来——""新小说——"真有不怕死的,还敢在这儿卖东西,早晚是叫炸弹炸个粉碎!不知死的鬼!

等了一个多世纪,车居然会开了。大家仍然连大气不敢出,直等到天津的灯光完全不见了,才开始呼吸,好像是已离开了鬼门关,下一站便是天堂。到了沧州,大家的腿已变成了木头棍,可是心中增加了喜气。王先生的二黄又开了台。天亮以前到了德州,大家决定下去买烧鸡,火烧,鸡子,开水;命已保住,还能不给它点养料?

王先生不能落后,打着交手仗,练着美国足球,耍着大洪拳,开开一条血路,直奔烧鸡而去。王先生奔过去,别人也奔过去,卖鸡的就是再长一双手也伺候不过来,杀声震耳,慷慨激昂,不吃烧鸡,何以为人?王先生"抢"了一只,不抢便永无到手之日。抢过来便啃,哎呀,美味,德州的烧鸡,特别在天还未亮之际,真有些野意!要不怎么说,国家也不应当永远平平安安的;国家平安到哪儿去找这种野意,守站的巡警与兵们急了,因为一个卖烧饼的小儿被大家给扯碎了,买了烧饼还饶着卖烧饼小儿一只手,或一个耳朵。卖烧饼小儿未免死得惨一些,可是从另一方面说,大家的热烈足证人心未死。巡警们急了,抢开了十三节钢鞭,大打而特打,打得大家心中痛快,头上发烧,口中微笑。巡警不打人,要巡警干什么?大家不挨打,谁挨打?难道日本人来挨打?打吧,反正烧鸡不到手,誓不退缩。前进;王先生是鸡已入肚一半,不便再去冲锋,虽然只挨了一鞭,不大过瘾,可是打要大家分挨,未便一人包办,于是得胜回车。

车是上不去了。车门就有五十多位把着。出来的时候是由内而外,比较的容易。现在是由外而内,就是把前层的挤退一步,里边便更堵得结实,不亚如铜墙铁壁,焉能挤得进去,况且手内还拿着半只烧鸡,一伸手,哟,丢了一口鸡身,未入车而鸡先失去一口,大不上算。王先生有点着急。

到底是中华的人民,黄帝的子孙,凡事有个办法。听,有人宣言:"来呀把谁从车窗塞进去?一块钱!"王先生的脑子真快,应声而出:"六毛,干不干?"八角大洋,少了不干!"来吧。"连半只烧鸡带王先生全进了窗门,很有趣味,可宝贵的经验:最好是头在内而脚仍悬在外边的时节,身如春燕,矫健轻灵。最后一个鲤鱼打挺,翩然而下,头碰了个大包。八毛钱付过,王先生含笑不言,专等开车。有四十多位没能上来,虽然可以在站台上饱食烧鸡,究竟不如王先生的既食且走,一群笨蛋!

太阳出来,济南就在眼前,十分高兴。过黄河铁桥,居然看见铁桥真是铁的。一展眼到了济南站,急忙下车,越挤越忙,以便凑过热闹,不冤不乐。挤出火车,举目观看,确是济南,白牌上有大黑字为证;仍怕不准,又细看了一番,几面白牌均题同样地名,缓步上了天桥,既然不拥挤,故须安走勿慌,直到听见收票员高喊:"妈的快走!"才想起向身上各处搜找车票。

出了车站,想起婚姻大事。可是家中还有个老婆,不免先写封平安家信,然后再去寻找爱人。一路上低吟:"爱人在哪里?爱人在哪里?"亦自有腔有韵。

下了旅馆,写了平安家信,吃了汤面;想起看报。北平还未被炸,心中十分失望。睡了一觉,出去寻求爱人。

马裤先生

火车在北平东站还没开,同屋那位睡上铺的穿马裤,戴平光的眼镜,青缎子洋服上身,脑袋插着小楷羊毫,足登青绒快靴的先生发了问:"你也是从北平上车?"很和气的。

我倒有点迷了头,火车还没动呢,不从北平上车,难道由——由哪儿呢?我只好反攻了:"你从哪儿上车?"很和气的。我希望他说是由汉口或绥远上车,因为果然如此,那么中国火车一定已经是无轨的,可以随便走走;那多么自由!

他没言语。看了看铺位,用尽全身——假如不是全身——的力气喊了声,"茶房!"

茶房正忙着给客人搬东西,找铺位。可是听见这么紧急的一声喊,就是有天大的事也得放下,茶房跑来了。

"拿毯子!"马裤先生喊。

"请少待一会儿,先生,"茶房很和气的说,"一开车,马上就给您铺好。"

马裤先生用食指挖了鼻孔一下,别无动作。

茶房刚走开两步。

"茶房!"这次连火车好似都震得直动。

茶房像旋风似的转过身来。

"拿枕头,"马裤先生大概是已经承认毯子可以迟一下,可是枕头总该先拿来。

"先生,请等一等,您等我忙过这会儿去,毯子和枕头就一齐全到。"茶房说的很快,可依然是很和气。

茶房看马裤客人没任何表示,刚转过身去要走,这次火车确是哗啦了半天,"茶房!"

茶房差点吓了个跟头,赶紧转回身来。

"拿茶!"

"先生请略微等一等,一开车茶水就来。"

马裤先生没任何的表示。茶房故意地笑了笑,表示歉意。然后搭讪着慢慢地转身,以免快转又吓个跟头。转好了身,腿刚预备好要走,背后打了个霹雳,"茶房!"

· 75 ·

茶房不是假装没听见，便是耳朵已经震聋，竟自没回头，一直地快步走开。

"茶房！茶房！茶房！"马裤先生连喊，一声比一声高：站台上送客的跑过一群来，以为车上失了火，要不然便是出了人命。茶房始终没回头。马裤先生又挖了鼻孔一下，坐在我的床上。刚坐下，"茶房！"茶房还是没来。看着自己的磕膝，脸往下沉，沉到最长的限度，手指一挖鼻孔，脸好似刷的一下又纵回去了。然后，"你坐二等？"这是问我呢。我又毛了，我确是买的二等，难道上错了车？

"你呢？"我问。

"二等。这是二等。二等有卧铺。快开车了吧？茶房！"

我拿起报纸来。

他站起来，数他自己的行李，一共八件，全堆在另一卧铺上——两个上铺都被他占了。数了两次，又说了话，"你的行李呢？"

我没言语。原来我误会了：他是善意，因为他跟着说，"可恶的茶房，怎么不给你搬行李？"

我非说话不可了："我没有行李。"

"呕？！"他确是吓了一跳，好像坐车不带行李是大逆不道似的。"早知道，我那四只皮箱也可以不打行李票了！"

这回该轮着我了，"呕？！"我心里说，"幸而是如此，不然的话，把四只皮箱也搬进来，还有睡觉的地方啊?!"

我对面的铺位也来了客人，他也没有行李，除了手中提着个扁皮夹。

"呕?!"马裤先生又出了声，"早知道你们都没行李，那口棺材也可以不另起票了!"

我决定了。下次旅行一定带行李；真要陪着棺材睡一夜，谁受得了!

茶房从门前走过。

"茶房！拿毛巾把!"

"等等，"茶房似乎下了抵抗的决心。

马裤先生把领带解开，摘下领子来，分别挂在铁钩上：所有的钩子都被占了，他的帽子，大衣，已占了两个。

车开了，他顿时想起买报，"茶房!"

茶房没有来。我把我的报赠给他；我的耳鼓出的主意。

他爬上了上铺，在我的头上脱靴子，并且击打靴底上的土。枕着个手提箱，用我的报纸盖上脸，车还没到永定门，他睡着了。

我心中安坦了许多。

到了丰台，车还没站住，上面出了声，"茶房!"

没等茶房答应，他又睡着了；大概这次是梦话。

过了丰台,茶房拿来两壶热茶。我和对面的客人——一位四十来岁平平无奇的人,脸上的肉还可观——吃茶闲扯。大概还没到廊房,上面又打了雷,"茶房!"

茶房来了,眉毛拧得好像要把谁吃了才痛快。

"干吗?先——生——"

"拿茶!"上面的雷声响亮。

"这不是两壶?"茶房指着小桌说。

"上边另要一壶!"

"好吧!"茶房退出去。

"茶房!"

茶房的眉毛拧得直往下落毛。

"不要茶,要一壶开水!"

"好啦!"

"茶房!"

我直怕茶房的眉毛脱净!

"拿毯子,拿枕头,打手巾把,拿——"似乎没想起拿什么好。

"先生,您等一等。天津还上客人呢;过了天津我们一总收拾,也耽误不了您睡觉!"

茶房一气说完,扭头就走,好像永远不再想回来。

待了会儿,开水到了,马裤先生又入了梦乡,呼声只比"茶房"小一点。可是匀调,继续不断,有时呼声稍低一点。用咬牙来补上。

"开水,先生!"

"茶房!"

"就在这儿;开水!"

"拿手纸。"

"厕所里有。"

"茶房!厕所在哪边?"

"哪边都有。"

"茶房!回头见。"

"茶房!茶房!!茶房!!"

没有应声。

"呼——呼呼——呼……"又睡了。

有趣!

到了天津。又上来些旅客。马裤先生醒了,对着壶嘴喝了一气水。又在我头上击打靴底。穿上靴子,溜下来,食指挖了鼻孔一下,看了看外面。"茶房!"

恰巧茶房在门前经过。

"拿毯子!"

"毯子就来。"

马裤先生出去，呆呆地立在走廊中间，专为阻碍来往的旅客与脚夫。忽然用力挖了鼻孔一下，走了。下了车，看看梨，没买；看看报，没买；看看脚行的号衣，更没作用。又上来了，向我招呼了声，"天津，唉？"我没言语。他向自己说："问问茶房，"紧跟着一个雷，"茶房！"我后悔了，赶紧的说，"是天津，没错儿。"

"总得问问茶房；茶房！"

我笑了，没法再忍住。

车好容易又从天津开走。

刚一开车，茶房给马裤先生拿来头一份毯子枕头和手巾把。马裤先生用手巾把耳鼻孔全钻得到家，这一把手巾擦了至少有一刻钟，最后用手巾擦了擦手提箱上的土。

我给他数着，从老站到总站的十来分钟之间，他又喊了四五十声茶房。茶房只来了一次，他的问题是火车向哪面走呢？茶房的回答是不知道；于是又引起他的建议，车上总该有人知道，茶房应当负责去问。茶房说，连驶车的也不晓得东西南北。于是他几乎变了颜色，万一车走迷了路?！茶房没再回答，可是又掉了几根眉毛。

他又睡了，这次是在头上摔了摔袜子，可是一口痰并没往下吐，而是照顾了车顶。

我睡不着是当然的，我早已看清，除非有一对"避呼耳套"当然不能睡着。可怜的是别屋的人，他们并没预备来熬夜，可是在这种带钩的呼声下，还只好是白瞪眼一夜。

我的目的地是德州，天将亮就到了。谢天谢地！

车在此处停半点钟，我雇好车，进了城，还清清楚楚地听见"茶房！"

一个多礼拜了，我还惦记着茶房的眉毛呢。

辞　工

您是没见过老田，万幸，他能无缘无故的把人气死。就拿昨天说吧。昨天是星期六，照例他休息半天。吃过了午饭，刷刷的下起雨来。老田进来了："先生，打算跟您请长假！"为什么呢？"您看，今天该我歇半天，偏偏下雨！"

"我没叫谁下雨呀！"我说。

"可是您叫我星期六休息。"他说。

"今天出不去，不会明天再补上吗？"我说。

"今天是今天，明天是明天，今天我怎么办？"他说。

"你上吊去。"我说。

"在哪儿上？"他说。

幸而二姐来了，把这一场给解说过去。我指给他一条路，叫他去睡觉。

我不知道他睡着了没有,不大一会儿他又进来了:"先生,打算跟您请长假!"

"又怎么了?"我说。

"您看,我刚要睡着,小球过来闻我的鼻子。"他说。

"我没让小球闻你的鼻子。"我说。

"可是您叫我去睡觉。"他说。

"不爱睡就不用睡呀。"我说。

"大下雨的天,不睡干什么?"他说。

"我没求龙王爷下雨呀,"我说。

"可是您叫我星期六休息。"他说。

"好吧,你要走就走,给你两个月的工钱。"我说。

"您还得多给点,外边还有点零碎账儿。"他说。

"有五块钱够不够?"我说。

"够了。"他说。

他拿着钱走出去。

雨小了,南边的天有裂开的样子。

老田抱着小球,在房檐下站着。站的工夫大了,我始终没答理他。他跟小球说开了:"小乖球,小白球,找先生去吧?"

我知道他是要进来找我。果然他搭讪着进来了。

"先生，天快晴了，我还是出去走一趟吧。"他说。

"不请长假了？"我说。

他假装没听见。"先生，那五块钱我先拿着吧，家里今年麦秋收得不好。"

"那天你不是说麦子收得很好吗？"我说。

"那，我说的是别人家的麦子。"他说。

"好，去吧，回来的时候给我带几个好桃儿来。"我说。

"这几天没有好桃。"他说。

"你假装的给我找一下，找着呢就买，找不着拉倒。"我说。

"好吧。"他说，走了出去。

到夜里十一点，我睡了，他才回来。

"先生，给您桃儿，直找了半夜，才找到这么几个好的。"他在窗外说。

"先放着吧，"我说，"蹦蹦戏什么时候散的？"

"刚散。"他说。

"你怎么听完了戏，又找了半夜的桃呢？"我说。

"哪，我看见别人刚从戏棚里出去；我并没听去。"他说。

今天早晨起来，老田一趟八趟的往外跑，好像等着什么要紧的信或消息似的。

"老田,给我买来的桃呢?"我说。

"我这不是直给您在外边看着吗?等有好的过来给您买几个。"他说。

"那么昨天晚上你没买来?"我说。

"昨晚上您不是睡了吗?早晨买刚下树的多么好!"他说。

买 彩 票

在我们那村里,抓会赌彩是自古有之。航空奖券,自然的,大受欢迎。头彩 50 万,听听!二姐发起集股合作,首先拿出大洋二角。我自己先算了一卦,上吉,于是拿了四角。和二姐算计了好大半天,原来还短着九元四才够买一张的。我和她分头去宣传,50万,50万,50个人分,每人还落一万,二角钱弄一万!举村若狂,连狗都听熟了"50万",凡是说"50万"的,哪怕是生人,也立刻摇尾而不上前一口把腿咬住。闹了整一个星期;十元算是凑齐;我是最大的股员。三姥姥才拿了五分,和四姨五姨共同凑了一股;她们还立了一本账簿。

上哪里去买呢?还得算卦。二姐不信任我的诸葛金钱课,花了五大枚请王瞎子占了个马前神课……利东北。城里有四家代售处;

利成记在城之东北；决议，到利成记去买。可是，利成是四家买卖中最小的一号，只卖卷烟煤油，万一把十元拐去，或是卖假券呢！又送了王瞎子五大枚，重新另占。西北也行，他说；不但是行，他细掐过手指，还比东北好呢！西北是恒祥记，大买卖，二姐出阁时的缎子红被还是那儿买的呢。

谁去买？又是个问题。按说我是头号股员，我应当跑一趟。可是我是属牛的，今年是鸡年，总得找属鸡的，还得是男性，女性丧气。只有李家小三是鸡年生的，平日那些属鸡的好像都变了，找不着一个。小三自己去太不放心啊，于是决定另派二员金命的男人妥为保护。挑了吉日，三位进城买票。

票买来了，谁拿着呢？我们村里的合作事业有个特点，谁也不信任谁。经过三天三夜的讨论，还是交给了三姥姥，年高虽不见得必有德，可是到底手脚不利落，不至私自逃跑。

直到开彩那天，大家谁也没睡好觉。以我自己说，得了头彩——还能不是我们得吗?!——就分两万，这两万怎么花？买处小房，好，房的地点、样式，怎么布置，想了半夜。不，不买房子，还是做买卖好。于是铺子的地点、形式、种类，怎么赚钱，赚了钱以后怎样发展，又是半夜。天上的星星，河边的水泡，都看着像洋钱。清晨的鸟鸣，夜半的虫声，都说着"50万"。偶尔睡着，手按在胸上,梦见一堆现洋压在身上,连气也出不得!特意买了一副骨牌,为的是随时打卦。打了坏卦,不算,另打;于是打的都是好卦,财是发准了。

开奖了。报上登出前五彩,没有我们背熟了的那一号。房子,铺子……随着汗全走了。等六彩七彩吧,头五奖没有,难道还不中个小六彩?又算了一卦,上吉;六彩是五百,弄几块作件夏布大衫也不坏。于是一边等着六彩七彩的揭露,一边重读前五彩的号数,替得奖的人们想着怎么花用的方法,未免有些羡妒,所以想着想着便想到得奖人的乐极生悲,也许被钱烧死;自己没得也好;自然自己得奖也不见得就烧死。无论怎说,心中有点发堵。

六彩七彩也登出来了,还是没咱们的事,这才想起对尾子,连尾子都和我们开玩笑,我们的是个"三",大奖的偏偏是个"二"。没办法!

二姐和我是发起人呀!三姥姥向我们俩要索她的五分。没法不赔她。赔了她,别人的二角也无意虚掷。二姐这两天生病,她就是有这个本事,心里一想就会生病。剩下我自己打发大家的二角。打发完了,二姐的病也好了,我呢,昨天夜里睡得很清甜。

开市大吉

我，老王，和老邱，凑了点钱，开了个小医院。老王的夫人做护士主任，她本是由看护而高升为医生太太的。老邱的岳父是庶务兼会计。我和老王是这么打算好，假如老丈人报花账或是携款潜逃的话，我们俩就揍老邱；合着老邱是老丈人的保证金。我和老王是一党，老邱是我们后约的，我们俩总得防备他一下。办什么事，不拘多少人，总得分个党派，留个心眼。不然，看着便不大像回事儿。加上王太太，我们是三个打一个，假如必须打老邱的话。老丈人自然是帮助老邱喽，可是他年岁大了，有王太太一个人就可把他的胡子扯净了。老邱的本事可真是不错，不说屈心的话。他是专门割痔疮，手术非常的漂亮，所以请他合作。不过他要是找揍的话，我们也不便太厚道了。

我治内科，老王花柳，老邱专门痔漏兼外科，王太太是看护士主任兼产科，合着我们一共有四科。我们内科，老老实实的讲，是地道二五八。一分钱一分货，我们的内科收费可少呢。要敲是敲花柳与痔疮，老王和老邱是我们的希望。我和王太太不过是配搭，她就根本不是大夫，对于生产的经验她有一些，因为她自己生过两个小孩。至于接生的手术，反正我有太太决不叫她接生。可是我们得设产科，产科是最有利的。只要顺顺当当的产下来，至少也得住十天半月的；稀粥烂饭的对付着，住一天拿一天的钱。要是不顺顺当当的生产呢，那看事做事，临时再想主意。活人还能叫尿憋死？

我们开了张。"大众医院"四个字在大小报纸已登了一个半月。名字起的好——办什么赚钱的事儿，在这个年月，就是别忘了"大众"。不赚大众的钱，赚谁的？这不是真情实理吗？自然在广告上我们没这么说，因为大众不爱听实话的；我们说的是："为大众而牺牲，为同胞谋幸福。一切科学化，一切平民化，沟通中西医术，打破阶级思想。"真花了不少广告费，本钱是得下一些的。把大众招来以后，再慢慢收拾他们。专就广告上看，谁也不知道我们的医院有多么大。院图是三层大楼，那是借用近邻转运公司的像片，我们一共只有六间平房。

我们开张了。门诊施诊一个星期，人来的不少，还真是"大众",我挑着那稍像点样子的都给了点各色的苏打水,不管害的是什么病。这样,延迟过一星期好正式收费呀;那真正老号的大众就干脆连苏打水也不给,我告诉他们回家洗洗脸再来,一脸的滋泥,吃药也是白搭。

忙了一天,晚上我们开了紧急会议,专替大众不行啊,得设法找"二众"。我们都后悔了,不该叫"大众医院"。有大众而没贵族,由哪儿发财去?医院不是煤油公司啊,早知道还不如干脆叫"贵族医院"呢。老邱把刀子沾了多少回消毒水,一个割痔疮的也没来!长痔疮的阔佬谁能上"大众医院"来割?

老王出了主意:明天包一辆能驶的汽车,我们轮流的跑几趟,把二姥姥接来也好,把三舅母装来也行。一到门口看护赶紧往里搀,接上这么三四十趟,四邻的人们当然得佩服我们。

我们都很佩服老王。

"再赁几辆不能驶的,"老王接着说。

"干吗?"我问。

"和汽车行商量借给咱们几辆正在修理的车,在医院门口放一天。一会儿叫咕嘟一阵。上咱们这儿看病的人老听外面咕嘟咕嘟的响,不知道咱们又来了多少坐汽车的。外面的人呢,老看着咱们的门口有一队汽车,还不唬住?"

我们照计而行,第二天把亲戚们接了来,给他们碗茶喝,又给送走。两个女看护是见一个搀一个,出来进去,一天没住脚。那几辆不能活动而能咕嘟的车由一天亮就运来了,五分钟一阵,轮流的咕嘟,刚一出太阳就围上一群小孩。我们给汽车队照了个像,托人给登晚报。老邱的丈人作了篇八股,形容汽车往来的盛况。当天晚上我们都没能吃饭,车咕嘟得太厉害了,大家都有点头晕。

不能不佩服老王,第三天刚一开门,汽车,进来位军官。老王急于出去迎接,忘了屋门是那么矮,头上碰了个大包。花柳;老王顾不得头上的包了,脸笑得一朵玫瑰似的,似乎再碰它七八个包也没大关系。三言五语,卖了一针六〇六。我们的两位女看护给军官解开制服,然后四只白手扶着他的胳臂,王太太过来先用小胖食指在针穴轻轻点了两下,然后老王才给用针。军官不知道东西南北了,看着看护一个劲儿说:"得劲!得劲!得劲!"我在旁边说了话,再给他一针。老邱也是福至心灵,早预备好了——香片茶加了点盐。老王叫看护扶着军官的胳臂,王太太又过来用小胖食指点了点,一针香片下去了。军官还说得劲,老王这回是自动的又给了他一针龙井。我们的医院里吃茶是讲究的,老是香片龙井两着沏。两针茶,一针六〇六,我们收了他二十五块钱。本来应当是十元一针,因为三针,减收五元。我们告诉他还得接着来,有十次管保除根。反正我们有的是茶，我心里说。

把钱交了，军官还舍不得走，老王和我开始跟他瞎扯，我就夸奖他的不瞒着病——有花柳，赶快治，到我们这里来治，准保没危险。花柳是伟人病，正大光明，有病就治，几针六〇六，完了，什么事也没有。就怕像铺子里的小伙计，或是中学的学生，得了病藏藏掩掩，偷偷的去找老虎大夫，或是袖口来袖口去买私药——广告专贴在公共厕所里，非糟不可。军官非常赞同我的话，告诉我他已上过二十多次医院。不过哪一回也没有这一回舒服。我没往下接碴儿。

老王接过去，花柳根本就不算病，只要勤扎点六〇六。军官非常赞同老王的话，并且有事实为证——他老是不等完全好了便又接着去逛；反正再扎几针就是了。老王非常赞同军官的话，并且愿拉个主顾，军官要是长期扎扎的话，他愿减收一半药费：五块钱一针。包月也行，一月一百块钱，不论扎多少针。军官非常赞同这个主意，可是每次得照着今天的样子办，我们都没言语，可是笑着点了点头。

军官汽车刚开走，迎头来了一辆，四个丫环搀下一位太太来。一下车，五张嘴一齐问：有特别房没有？我推开一个丫环，轻轻的托住太太的手腕，搀到小院中。我指着转运公司的楼房说，"那边的特别室都住满了。您还算得凑巧，这里——我指着我们的几间小房说——还有两间头等房,您暂时将就一下吧。其实这两间比楼上还舒服,省得楼上楼下的跑,是不是,老太太?"

老太太的第一句话就叫我心中开了一朵花,"唉,这还像个大夫——病人不为舒服,上医院来干吗?东生医院那群大夫,简直的不是人!"

"老太太,您上过东生医院?"我非常惊异的问。

"刚由那里来,那群王八羔子!"

乘着她骂东生医院——凭良心说,这是我们这里最大最好的医院——我把她搀到小屋里,我知道,我要是不引着她骂东生医院,她决不会住这间小屋,"您在那儿住了几天?"我问。

"两天,两天就差点要了我的命!"老太太坐在小床上。

我直用腿顶着床沿,我们的病床都好,就是上了点年纪,爱倒。"怎么上那儿去了呢?"我的嘴不敢闲着,不然,老太太一定会注意到我的腿的。

"别提了!一提就气我个倒仰——你看,大夫,我害的是胃病,他们不给我东西吃!"老太太的泪直要落下来。

"不给您东西吃?"我的眼都瞪圆了,"有胃病不给东西吃?蒙古大夫!就凭您这个年纪?老太太您有八十了吧?"

老太太的泪立刻收回去许多,微微的笑着:"还小呢。刚五十八岁。"

"和我的母亲同岁,她也是有时候害胃口疼!"我抹了抹眼睛,"老太太,您就在这儿住吧,我准把那点病治好了。这个病全仗着好保养,想吃什么就吃;吃下去,心里一舒服,病就减去几分,是不是,老太太?"

老太太的泪又回来了,这回是因为感激我。"大夫,你看,我专爱吃点硬的,他们偏叫我喝粥,这不是故意气我吗?"

"您的牙口好,正应当吃口硬的呀!"我郑重的说。

"我是一会儿就饿,他们非到时候不准我吃!"

"糊涂东西们!"

"半夜里我刚睡好,他们把小玻璃棍放在我嘴里,试什么度。"

"不知好歹!"

"我要便盆,那些看护说,等一等,大夫就来,等大夫查过病去再说!"

"该死的玩艺儿!"

"我刚挣扎着坐起来,看护说,躺下。"

"讨厌的东西!"

我和老太太越说越投缘,就是我们的屋子再小一点,大概她也不走了。爽性我也不再用腿顶着床了,即使床倒了,她也能原谅。

"你们这里也有看护呀?"老太太问。

"有,可是没关系,"我笑着说,"您不是带来四个丫环吗?叫她们也都住院就结了。您自己的人当然伺候得周到;我干脆不叫看护们过来,好不好?"

"那敢情好啦,有地方呀?"老太太好像有点过意不去了。

"有地方,您干脆包了这个小院吧。四个丫环之外,不妨再叫个厨子来,您爱吃什么吃什么。我只算您一个人的钱,丫环厨子都白住,就算您五十块钱一天。"

老太太叹了口气:"钱多少的没有关系,就这么办吧。春香,你回家去把厨子叫来,告诉他就手儿带两只鸭子来。"

我后悔了:怎么才要五十块钱呢?真想抽自己一顿嘴巴!幸而我没说药费在内;好吧,在药费上找齐儿就是了;反正看这个来派,这位老太太至少有一个儿子当过师长。况且,她要是天天吃火烧夹烤鸭,大概不会三五天就出院,事情也得往长里看。

医院很有个样子了:四个丫环穿梭似的跑出跑入,厨师傅在院中墙根砌起一座炉灶,好像是要办喜事似的。我们也不客气,老太太的果子随便拿起就尝,全鸭子也吃它几块。始终就没人想起给她看病,因为注意力全用在看她买来什么好吃食。

老王和我总算开了张,老邱可有点挂不住了。他手里老拿着刀子。我都直躲他，恐怕他拿我试试手。老王直劝他不要着急，可是他太好胜，非也给医院弄个几十块不甘心。我佩服他这种精神。

吃过午饭，来了！割痔疮的！四十多岁，胖胖的，肚子很大。王太太以为他是来生小孩，后来看清他是男性，才把他让给老邱。老邱的眼睛都红了。三言五语，老邱的刀子便下去了。四十多岁的小胖子疼得直叫唤，央告老邱用点麻药。老邱可有了话：

"咱们没讲下用麻药哇！用也行，外加十块钱。用不用？快着！"

小胖子连头也没敢摇。老邱给他上了麻药。又是一刀，又停住了："我说，你这可有管子，刚才咱们可没讲下割管子。还往下割不割？往下割的话，外加三十块钱。不的话，这就算完了。"

我在一旁，暗伸大指，真有老邱的！拿住了往下敲，是个办法！

四十多岁的小胖子没有驳回，我算计着他也不能驳回。老邱的手术漂亮，话也说得脆，一边割管子一边宣传："我告诉你，这点事儿值得你二百块钱；不过，我们不敲人；治好了只求你给传传名。赶明天你有工夫的时候，不妨来看看。我这些家伙用四万五千倍的显微镜照，照不出半点微生物！"

胖子一声也没出，也许是气胡涂了。

老邱又弄了五十块。当天晚上我们打了点酒，托老太太的厨子给做了几样菜。菜的材料多一半是利用老太太的。一边吃一边讨论我们的事业，我们决定添设打胎和戒烟。老王主张暗中宣传检查身体，凡是要考学校或保寿险的，哪怕已经做下寿衣，预备下棺材，我们也把体格表填写得好好的；只要交五元的检查费就行。这一案也没费事就通过了。老邱的老丈人最后建议，我们匀出几块钱，自己挂块匾。老人出老办法。可是总算有心爱护我们的医院，我们也就没反对。老丈人已把匾文拟好——仁心仁术。陈腐一点，不过也还恰当。我们议决，第二天早晨由老丈人上早市去找块旧匾。王太太说，把匾油饰好，等门口有过娶妇的，借着人家的乐队吹打的时候，我们就挂匾。到底妇女的心细，老王特别显着骄傲。

有声电影

二姐还没有看过有声电影。可是她已经有了一种理论。在没看见以前,先来一套说法,不独二姐如此,有许多伟人也是这样;此之谓"知之为知之,不知为知之"也。她以为有声电影便是电机答答之声特别响亮而已。要不然便是当电人——二姐管银幕上的英雄美人叫电人——互相巨吻的时候,台下鼓掌特别发狂,以成其"有声"。她确信这个,所以根本不想去看。本来她对电影就不大热心,每当电人巨吻,她总是用手遮上眼的。

但据说有声电影是有说有笑而且有歌。她起初还不相信,可是各方面的报告都是这样,她才想开开眼。

二姥姥等也没开过此眼,而二姐又恰巧打牌赢了钱,于是大请客。二姥姥,三舅妈,四姨,小秃,小顺,四狗子,都在被请之列。

二姥姥是天一黑就睡,所以决不能去看夜场;大家决定午时出发,看午后两点半那一场。看电影本是为开心解闷,所以十二点动身也就行了。要是上车站接个人什么的,二姐总是早去七八小时的。那年二姐夫上天津,二姐在三天前就催他到车站去,恐怕临时找不到座位。

早动身可不见得必定早到;要不怎么越早越好呢。说是十二点走哇,到了十二点三刻谁也没动身。二姥姥找眼镜找了一刻来钟;确是不容易找,因为眼镜在她自己腰里带着呢。跟着就是三舅妈找钮子,翻了四只箱子也没找到,结果是换了件衣裳。四狗子洗脸又洗了一刻多钟,这还总算顺当;往常一个脸得至少洗四十多分钟,还得有门外的巡警给帮忙。

出发了。走到巷口,一点名,小秃没影了。大家折回家里,找了半点多钟,没找着。大家决定不看电影了,找小秃是更重要的。把新衣裳全脱了,分头去找小秃。正在这个当儿,小秃回来了;原来他是跑在前面,而折回来找他们。好吧,再穿好衣裳走吧,巷外有的是洋车,反正耽误不了。

二姥姥给车价还按着现洋换一百二十个铜子时的规矩,多一个不要。这几年了,她不大出门,所以老觉得烧饼卖三个大铜子一个不是件事实,而是大家欺骗她。现在拉车的三毛两毛向她要,也不是车价高了,是欺侮她年老走不动。她偏要走一个给他们瞧瞧。这一挂劲可有些"憧憬":她确是有志向前迈步,不过脚是向前向后,连她自己也不准知道。四姨倒是能走,可惜为看电影特意换上高底鞋,似乎非扶着点什么不敢抬脚。她假装过去搀着二姥姥,其实是为自己找个靠头。不过大家看得很清楚,要是跌倒的话,这二位一定是一齐倒下。四狗子和小秃们急得直打蹦。

总算不离,三点一刻到了电影院。电影已经开映。这当然是电影院不对;难道不晓得二姥姥今天来么?二姐实在觉得有骂一顿街的必要,可是没骂出来,她有时候也很能"文明"一气。

既来之则安之,打了票。一进门,小顺便不干了,怕黑,黑的地方有红眼鬼,无论如何也不能进去。二姥姥一看里面黑洞洞,以为天已经黑了,想起来睡觉的舒服;她主张带小顺回家。要是不为二姥姥,二姐还想不起请客呢。谁不知道二姥姥已经是土埋了半截的人,不看回有声电影,将来见阎王的时候要是盘问这一层呢?大家开了家庭会议。不行,二姥姥是不能走的。至于小顺,好办,买几块糖好了。吃糖自然便看不见红眼鬼了。事情便这样解决了。四姨搀着二姥姥,三舅妈拉着小顺,二姐招呼着小秃和四狗子。前呼后应,在暗中摸索,虽然有看座的过来招待,可是大家各自为政的找座儿,忽前忽后,忽左忽右,离而复散,分而复合,主张不一,而又愿坐在一块儿。直落得二姐口干舌燥,二姥姥连喘带嗽,四狗子咆哮如雷,看座的满头是汗。观众们全忘了看电影,一齐恶声的"吃——",但是压不下去二姐的指挥口令。二姐在公共场所说话特别响亮,要不怎样是"外场"人呢。

直到看座的电棒中的电已使净,大家才一狠心找到了座。不过,还不能这么马马虎虎的坐下。大家总不能忘了谦恭呀,况且是在公共场所。二姥姥年高有德,当然往里坐。可是二姥姥当着四姨怎肯倚老卖老,四姨是姑奶奶呀;而二姐又是姐姐兼主人;而三舅妈到底是媳妇,而小顺子等是孩子;一部伦理从何处说起?大家打架似的推让,甚至把前后左右的观众都感化得直喊叫老天爷。好容易大家觉得让的已够上相当的程度,一齐坐下。可是小顺的糖还没有买呢!二姐喊卖糖的,真喊得有劲,连卖票的都进来了,以为是卖糖的杀了人。

糖买过了,二姥姥想起一桩大事——还没咳嗽呢。二姥姥一阵咳嗽,惹起二姐的孝心,与四姨三舅妈说起二姥姥的后事来。老人家像二姥姥这样的,是不怕儿女当面讲论自己的后事,而且乐意参加些意见,如"别的都是小事,我就是要个金九连环。也别忘了糊一对童儿!"这一说起来,还有完吗?一桩套着一桩,一件联着一件,说也奇怪,越是在戏馆电影场里,家事越显着复杂。大家刚说到热闹的地方，忽，电灯亮了，人们全往外走。二姐喊卖瓜子的；说起家务要不吃瓜子便不够派儿。看座的过来了，"这场完了，晚场八点才开呢。"

大家只好走吧。一直到二姥姥睡了觉，二姐才想起问三舅妈："有声电影到底怎么说来着？"三舅妈想了想："管它呢，反正我没听见。"还是四姨细心，她说她看见一个洋鬼子吸烟，还从鼻子里冒烟呢，"电影是怎样做的，多么巧妙哇，鼻子冒烟，和真的一样，你就说！"大家都赞叹不已。

柳家大院

这两天我们的大院里又透着热闹，出了人命。

事情可不能由这儿说起，得打头儿来。先交代我自己吧，我是个算命的先生。我也卖过酸枣、落花生什么的，那可是先前的事了。现在我在街上摆卦摊，好了呢，一天也抓弄个三毛五毛的。老伴儿早死了，儿子拉洋车。我们爷儿俩住着柳家大院的一间北房。

除了我这间北房，大院里还有二十多间房呢。一共住着多少家子？谁记得清！住两间房的就不多，又搭上今天搬来，明天又搬走，我没有那么好记性。大家见面招呼声"吃了吗"，透着和气；不说呢，也没什么。大家一天到晚为嘴奔命，没有工夫扯闲话儿。爱说话的自然也有啊，可是也得先吃饱了。

还就是我们爷儿俩和王家可以算作老住户，都住了一年多了。

早就想搬家，可是我这间屋子下雨还算不十分漏；这个世界哪去找不十分漏水的屋子？不漏的自然有哇，也得住得起呀！再说，一搬家又得花三份儿房钱，莫如忍着吧。晚报上常说什么"平等"，铜子儿不平等，什么也不用说。这是实话。就拿媳妇们说吧，娘家要是不使彩礼，她们一定少挨点揍，是不是？

王家是住两间房。老王和我算是柳家大院里最"文明"的人了。"文明"是三孙子，话先说在头里。我是算命的先生，眼前的字儿颇念一气。天天我看俩大子的晚报。"文明"人，就凭看篇晚报，别装孙子啦！老王是给一家洋人当花匠，总算混着洋事。其实他会种花不会，他自己晓得；若是不会的话；大概他也不肯说。给洋人院里剪草皮的也许叫作花匠；无论怎说吧，老王有点好吹。有什么意思？剪草皮又怎么低下呢？老王想不开这一层。要不怎我们这种穷人没起色呢，穷不是，还好吹两句！大院里这样的人多了，老跟"文明"人学；好像"文明"人的吹胡子瞪眼睛是应当应分。反正他挣钱不多，花匠也罢，草匠也罢。

老王的儿子是个石匠，脑袋还没石头顺溜呢，没见过这么死巴的人。他可是好石匠，不说屈心话。小王娶了媳妇，比他小着十岁，长得像搁陈了的窝窝头，一脑袋黄毛，永远不乐，一挨揍就哭，还是不短挨揍。老王还有个女儿，大概也有十四五岁了，又贼又坏。

他们四口住两间房。

除了我们两家，就得算张二是老住户了；已经在这儿住了六个多月。虽然欠下两月的房钱，可是还对付着没叫房东给撵出去。张二的媳妇嘴真甜甘，会说话；这或者就是还没叫撵出去的原因。自然她只是在要房租来的时候嘴甜甘；房东一转身，你听她那个骂。谁能不骂房东呢；就凭那么一间狗窝，一月也要一块半钱?！可是谁也没有她骂得那么到家，那么解气。连我这老头子都有点爱上她了，不是为别的，她真会骂。可是，任凭怎么骂，一间狗窝还是一块半钱。这么一想，我又不爱她了。没有真力量，骂骂算得了什么呢。

张二和我的儿子同行，拉车。他的嘴也不善，喝两铜子的"猫尿"能把全院的人说晕了；穷嚼！我就讨厌穷嚼，虽然张二不是坏心肠的人。张二有三个小孩，大的捡煤核，二的滚车辙，三的满院爬。

提起孩子来了，简直的说不上来他们都叫什么。院子里的孩子足够一混成旅，怎能记得清楚呢？男女倒好分，反正能光眼子就光着。在院子里走道总得小心点；一慌，不定踩在谁的身上呢。踩了谁也得闹一场气。大人全别着一肚子委屈，可不就抓个碴儿吵一阵吧。越穷，孩子越多，难道穷人就不该养孩子？不过，穷人也真得想个办法。这群小光眼子将来都干什么去呢？又跟我的儿子一样，拉洋车？我倒不是说拉洋车就低贱，我是说人就不应当拉车；人嘛，当牛马？可是，好些个还活不到能拉车的年纪呢。今年春天闹瘟疹，死了一大批。最爱打孩子的爸爸也咧着大嘴哭，自己的孩子哪有不心疼的？可是哭完也就完了，小席头一卷，夹出城去；死了就死了，省吃是真的。腰里没钱心似铁，我常这么说。这不像一句话，总得想个办法！

除了我们三家子，人家还多着呢。可是我只提这三家子就够了。我不是说柳家大院出了人命吗？死的就是王家那个小媳妇。我说过她像窝窝头，这可不是拿死人打哈哈。我也不是说她"的确"像窝窝头。我是替她难受，替和她差不多的姑娘媳妇们难受。我就常思索，凭什么好好的一个姑娘，养成像窝窝头呢？从小儿不得吃，不得喝，还能油光水滑的吗？是，不错，可是凭什么呢？

少说闲话吧；是这么回事：老王第一个不是东西。我不是说他好吹吗？是，事事他老学那些"文明"人。娶了儿媳妇，喝，他不知道怎么好了。一天到晚对儿媳妇挑鼻子弄眼睛，派头大了。为三个钱的油，两个大的醋，他能闹得翻江倒海。我知道，穷人肝气旺，爱吵架。老王可是有点存心找毛病；他闹气，不为别的专为学学"文明"人的派头。他是公公；妈的，公公几个铜子儿一个！我真不明白，为什么穷小子单要充"文明"，这是哪一股儿毒气呢？早晨，

· 107 ·

他起得早,总得也把小媳妇叫起来,其实有什么事呢?他要立这个规矩,穷酸!她稍微晚起来一点,听吧,这一顿揍!

我知道,小媳妇的娘家使了一百块的彩礼。他们爷儿俩大概再有一年也还不清这笔亏空,所以老拿小媳妇出气。可是要专为这一百块钱闹气,也倒罢了,虽然小媳妇已经够冤枉的。他不是专为这点钱。他是学"文明"人呢,他要做足了当公公的气派。他的老伴不是死了吗。他想把婆婆给儿媳妇的折磨也由他承办。他变着方儿挑她的毛病。她呢,一个十七岁的孩子可懂得什么?跟她耍排场?我知道他那些排场是打哪儿学来的:在茶馆里听那些"文明"人说的。他就是这么个人——和"文明"人要是过两句话,替别人吹几句,脸上立刻能红堂堂的。在洋人家里剪草皮的时候,洋人要是跟他过一句半句的话,他能把尾巴摆动三天三夜。他确是有尾巴。可是他摆一辈子的尾巴了,还是他妈的住破大院啃窝窝头。我真不明白!

老王上工去的时候,把折磨儿媳妇的办法交给女儿替他办。那个贼丫头!我一点也没有看不起穷人家的姑娘的意思;她们给人家作丫环去呀,作二房去呀,是常有的事(不是应该的事),那能怨她们吗?不能!可是我讨厌王家这个二妞,她和她爸爸一样的讨人嫌,能钻天觅缝地给她嫂子小鞋穿,能大睁白眼地乱造谣言给嫂子使坏。

我知道她为什么这么坏,她是由那个洋人供给着在一个学校念书,她一万多个看不上她的嫂子。她也穿一双整鞋①,头发上也戴着一把梳子,瞧她那个美!我就这么琢磨这回事:世界上不应当有穷有富。可是穷人要是狗着②有钱的,往高处爬,比什么也坏。老王和二妞就是好例子。她嫂子要是做一双青布新鞋,她变着方儿给踩上泥,然后叫他爸爸骂儿媳妇。我没工夫细说这些事儿,反正这个小媳妇没有一天得着好气;有的时候还吃不饱。

小王呢,石厂子在城外,不住在家里。十天半月地回来一趟,一定揍媳妇一顿。在我们的柳家大院,揍儿媳妇是家常便饭。谁叫老婆吃着男子汉呢,谁叫娘家使了彩礼呢,挨揍是该当的。可是小王本来可以不揍媳妇,因为他轻易不家来,还愿意回回闹气吗?哼,有老王和二妞在旁边挑拨啊。老王罚儿媳妇挨饿,跪着;到底不能亲自下手打,他是自居为"文明"人的,哪能落个公公打儿媳妇呢?所以挑唆儿子去打;他知道儿子是石匠,打一回胜似别人打五回的。儿子打完了媳妇,他对儿子和气极了。二妞呢,虽然常拧嫂子的胳臂,可也究竟是不过瘾,恨不能看着哥哥把嫂子当作石头,一下子

---

① 意思是从来穿破烂的鞋,现在才穿上不破的鞋。
② 狗着,巴结的意思。

捶碎才痛快。我告诉你，一个女人要是看不起另一个女人的，那就是活对头。二妞自居女学生；嫂子不过是花一百块钱买来的一个活窝窝头。

　　王家的小媳妇没有活路。心里越难受，对人也越不和气；全院里没有爱她的人。她连说话都忘了怎么说了。也有痛快的时候，见神见鬼地闹撞客①。总是在小王揍完她走了以后，她又哭又说，一个人闹欢了。我的差事来了，老王和我借宪书，抽她的嘴巴。他怕鬼，叫我去抽。等我进了她的屋子，把她安慰得不哭了——我没抽过她，她要的是安慰，几句好话——他进来了，掐她的人中，用草纸熏；其实他知道她已缓醒过来，故意的惩治她。每逢到这个节骨眼，我和老王吵一架。平日他们吵闹我不管；管又有什么用呢？我要是管，一定是向着小媳妇；这岂不更给她添毒？所以我不管。不过，每逢一闹撞客，我们俩非吵不可了，因为我是在那儿，眼看着，还能一语不发？奇怪的是这个，我们俩吵架，院里的人总说我不对；妇女们也这么说。他们以为她该挨揍。他们也说我多事。男的该打女的，公公该管教儿媳妇，小姑子该给嫂子气受，他们这群男女信这个！怎么会信这个呢？谁教给他们的呢？哪个王八蛋的"文明"

---

　　① 撞客，神志昏迷、哭闹、说胡话，迷信的人认做是撞见鬼了。

可笑，又可哭！

　　前两天，石匠又回来了。老王不知怎么一时心顺，没叫儿子揍媳妇，小媳妇一见大家欢天喜地，当然是喜欢，脸上居然有点像要笑的意思。二妞看见了这个，仿佛是看见天上出了两个太阳。一定有事！她嫂子正在院子里做饭，她到嫂子屋里去搜开了。一定是石匠哥哥给嫂子买来了贴己的东西，要不然她不会脸上有笑意。翻了半天，什么也没翻出来。我说"半天"，意思是翻得很详细；小媳妇屋里的东西还多得了吗？我们的大院里一共也没有两张整桌子来，要不怎么不闹贼呢。我们要是有钱票，是放在袜筒儿里。

　　二妞的气大了。嫂子脸上敢有笑容了？不管查得出私弊查不出，反正得惩治她！

　　小媳妇正端着锅饭澄米汤，二妞给了她一脚。她的一锅饭出了手。"米饭"！不是丈夫回来，谁敢出主意吃"饭"！她的命好像随着饭锅一同出去了。米汤还没澄干，稀粥似的白饭摊在地上。她拼命用手去捧，滚烫，顾不得手；她自己还不如那锅饭值钱呢。实在太热，她捧了几把，疼到了心上，米汁把手糊住。她不敢出声，咬上牙，扎着两只手，疼得直打转。

　　"爸！瞧她把饭全洒在地上啦！"二妞喊。

　　爷儿俩全出来了。老王一眼看见饭在地上冒热气，顿时就疯了。

他只看了小王那么一眼,已然是说明白了:"你是要媳妇,还是要爸爸?"

小王的脸当时就涨紫了,过去揪住小媳妇的头发,拉倒在地。小媳妇没出一声,就人事不知了。

"打!往死里打!打!"老王在一旁嚷,脚踢起许多土来。

二妞怕嫂子是装死,过去拧她的大腿。

院子里的人都出来看热闹,男人不过来劝解,女的自然不敢出声;男人就是喜欢看别人揍媳妇——给自己的那个老婆一个榜样。

我不能不出头了。老王很有揍我一顿的意思。可是我一出头,别的男人也蹭过来。好说歹说,算是劝开了。

第二天一清早,小王老王全去工作。二妞没上学,为是继续给嫂子气受。

张二嫂动了善心,过来看看小媳妇。因为张二嫂自信会说话,所以一安慰小媳妇,可就得罪了二妞。她们俩抬起来了。当然二妞不行,她还说得过张二嫂!"你这个丫头要不……我不姓张!"一句话就把二妞骂闷过去了,"三秃子给你俩大子,你就叫他亲嘴;你当我没看见呢?有这么回事没有?有没有?"二嫂的嘴就堵着二妞的耳朵眼,二妞直往后退,还说不出话来。

这一场过去,二妞搭讪着上了街,不好意思再和嫂子闹了。

小媳妇一个人在屋里，工夫可就大啦。张二嫂又过来看一眼，小媳妇在炕上躺着呢，可是穿着出嫁时候的那件红袄。张二嫂问了她两句，她也没回答，只扭过脸去。张家的小二，正在这么工夫跟个孩子打起来，张二嫂忙着跑去解围，因为小二被敌人给按在底下了。

　　二妞直到快吃饭的时候才回来，一直奔了嫂子的屋子去，看看她做好了饭没有。二妞向来不动手做饭，女学生嘛！一开屋门，她失了魂似的喊了一声，嫂子在房梁上吊着呢！一院子的人全吓惊了，没人想起把她摘下来，谁肯往人命事儿里掺和呢？

　　二妞捂着眼吓成孙子了。"还不找你爸爸去?!"不知道谁说了这么一句，她扭头就跑，仿佛鬼在后头追她呢。

　　老王回来也傻了。小媳妇是没有救儿了；这倒不算什么，脏了房，人家房东能饶得了他吗？再娶一个，只要有钱，可是上次的债还没归清呢！这些个事叫他越想越气，真想咬吊死鬼儿几块肉才解气！

　　娘家来了人，虽然大嚷大闹，老王并不怕。他早有了预备，早问明白了二妞，小媳妇是受张二嫂的挑唆才想上吊；王家没逼她死，王家没给她气受。你看，老王学"文明"人真学得到家，能瞪着眼扯谎。

张二嫂可抓了瞎，任凭怎么能说会道，也禁不住贼咬一口，入骨三分！人命，就是自己能分辩，丈夫回来也得闹一阵。打官司自然是不会打的，柳家大院的人还敢打官司？可是老王和二妞要是一口咬定，小媳妇的娘家要是跟她要人呢，这可不好办！柳家大院的人是有眼睛的，不过，人命关天，大家不见得敢帮助她吧？果然，张二一回来就听说了，自己的媳妇惹了祸。谁还管青红皂白，先揍完再说，反正打媳妇是理所当然的事。张二嫂挨了顿好的。

小媳妇的娘家不打官司；要钱；没钱再说厉害的。老王怕什么偏有什么；前者娶儿媳妇的钱还没还清，现在又来了一档子！可是，无论怎样，也得答应着拿钱，要不然屋里放着吊死鬼，才不像句话。

小王也回来了，十分像个石头人，可是我看得出，他的心里很难过，谁也没把死了的小媳妇放在心上，只有小王进到屋中，在尸首旁边坐了半天。要不是他的爸爸"文明"，我想他决不会常打她。可是，爸爸"文明"，儿子也自然是要孝顺了，打吧！一打，他可就忘了他的胳臂本是砸石头的。他一声没出，在屋里坐了好大半天，而且把一条新裤子——就是没补钉呀——给媳妇穿上。他的爸爸跟他说什么，他好像没听见。他一个劲儿地吸蝙蝠牌的烟，眼睛不错眼珠地看着点什么——别人都看不见的一点什么。

娘家要一百块钱——五十是发送小媳妇的，五十归娘家人用。

小王还是一语不发。老王答应了拿钱。他第一个先找了张二去。"你的媳妇惹的祸，没什么说的，你拿五十，我拿五十；要不然我把吊死鬼搬到你屋里来。"老王说得温和，可又硬张。

张二刚喝了四个大子的猫尿，眼珠子红着。他也来得不善："好王大爷的话，五十？我拿！看见没有？屋里有什么你拿什么好了。要不然我把这两个大孩子卖给你，还不值五十块钱？小三的妈！把两个大的送到王大爷屋里去！会跑会吃，决不费事，你又没个孙子，正好嘛！"

老王碰了个软的。张二屋里的陈设大概一共值不了几个铜子儿！俩孩子叫张二留着吧。可是，不能这么轻轻地便宜了张二；拿不出五十呀，三十行不行？张二唱开了打牙牌①，好像很高兴似的。"三十干吗？还是五十好了，先写在账上，多喒我叫电车轧死，多喒还你。"

老王想叫儿子揍张二一顿。可是张二也挺壮，不一定能揍得了他。张二嫂始终没敢说话，这时候看出一步棋来，乘机会自己找找脸："姓王的，你等着好了，我要不上你屋里去上吊，我不算好老婆，你等着吧！"

---

① 打牙牌，娼妓中流行的黄色小调、小曲。

· 115 ·

老王是"文明"人，不能和张二嫂斗嘴皮子。而且他也看出来，这种野娘们什么也干得出来，真要再来个吊死鬼，可得更吃不了兜着走了。老王算是没敲上张二。

其实老王早有了"文明"主意，跟张二这一场不过是虚晃一刀。他上洋人家里去，洋大人没在家，他给洋太太跪下了，要一百块钱。洋太太给了他，可是其中的五十是要由老王的工钱扣的，不要利钱。

老王拿着回来了，鼻子朝着天。

开张殃榜就使了八块；阴阳生要不开这张玩艺，麻烦还小得了吗。这笔钱不能不花。

小媳妇总算死得"值"。一身新红洋缎的衣裤，新鞋新袜子，一头银白铜的首饰。十二块钱的棺材。还有五个和尚念了个光头三①。娘家弄了四十多块去；老王无论如何不能照着五十的数给。

事情算是过去了，二妞可遭了报，不敢进屋子。无论干什么，她老看见嫂子在房梁上挂着呢。老王得搬家。可是，脏房谁来住呢？自己住着，房东也许马马虎虎不究真儿；搬家，不叫赔房才怪呢。可是二妞不敢进屋睡觉也是个事儿。况且儿媳妇已经死了，何必再住两间房？让出那一间去，谁肯住呢？这倒难办了。

---

① 死了人，在第三天上念经超度亡魂。

老王又有了高招儿,儿媳妇一死,他更看不起女人了。四五十块花在死鬼身上,还叫她娘家拿走四十多,真堵得慌。因此,连二妞的身份也落下来了。干脆把她打发了,进点彩礼,然后赶紧再给儿子续上一房。二妞不敢进屋子呀,正好,去她的。卖个三百二百的除给儿子续娶之外,自己也得留点棺材本儿。

他搭讪着跟我说这个事。我以为要把二妞给我的儿子呢;不是,他是托我给留点神,有对事的外乡人肯出三百二百的就行。我没说什么。

正在这个时候,有人来给小王提亲,十八岁的大姑娘,能洗能作,才要一百二十块钱的彩礼。老王更急了,好像立刻把二妞铲出去才痛快。

房东来了,因为上吊的事吹到他耳朵里。老王把他唬回去了:房脏了,我现在还住着呢!这个事怨不上来我呀,我一天到晚不在家;还能给儿媳妇气受?架不住有坏街坊,要不是张二的娘们,我的儿媳妇能想得起上吊?上吊也倒没什么,我呢,现在又给儿子张罗着,反正混着洋事,自己没钱呀,还能和洋人说句话,接济一步。就凭这回事说吧,洋人送了我一百块钱!

房东叫他给唬住了,跟旁人一打听,的的确确是由洋人那儿拿来的钱。房东没再对老王说什么,不便于得罪混洋事的。可是张二这个家伙不是好调货，欠下两个月的房租，还由着娘们拉舌头扯簸箕，撺他搬家！张二嫂无论怎么会说，也得补上两月的房钱，赶快滚蛋！

张二搬走了，搬走的那天，他又喝得醉猫似的。张二嫂臭骂了房东一大阵。

等着看吧。看二妞能卖多少钱，看小王又娶个什么样的媳妇。什么事呢！"文明"是孙子，还是那句！

抱 孙

难怪王老太太盼孙子呀；不为抱孙子，娶儿媳妇干吗？也不能怪儿媳妇成天着急；本来吗，不是不努力生养呀，可是生下来不活，或是不活着生下来，有什么法儿呢！就拿头一胎说吧，自从一有孕，王老太太就禁止儿媳妇有任何操作，夜里睡觉都不许翻身。难道这还算不小心？哪里知道，到了五个多月，儿媳妇大概是因为多眨巴了两次眼睛，小产了！还是个男胎；活该就结了！再说第二胎吧，儿媳妇连眨巴眼都拿着尺寸；打哈欠的时候有两个丫环在左右扶着。果然小心谨慎没错处，生了个大白胖小子。可是没活了五天，小孩不知为了什么，竟自一声没出，神不知鬼不觉的与世长辞了。那是11月天气，产房里大小放着四个火炉，窗户连个针尖大的窟窿也没有，不要说是风，就是风神，想进来是怪不容易的。况且小孩还盖着四床被，五条毛毯，按说够温暖的了吧？哼，他竟自死了。命该如此！

现在，王少奶奶又有了喜，肚子大得惊人，看着颇像轧马路的石碾。看着这个肚子，王老太太心里仿佛长出两只小手，成天抓弄得自己怪要发笑的。这么丰满体面的肚子，要不是双胎才怪呢！子孙娘娘有灵，赏给一对白胖小子吧！王老太太可不只是祷告烧香呀，儿媳妇要吃活人脑子，老太太也不驳回。半夜三更还给儿媳妇送肘子汤，鸡丝挂面……儿媳妇也真作脸，越躺着越饿，点心点心就能吃二斤翻毛月饼；吃得顺着枕头往下流油，被窝的深处能扫出一大碗什锦来。孕妇不多吃怎么生胖小子呢？婆婆儿媳对于此点完全同意。婆婆这样，娘家妈也不能落后啊。她是七趟八趟来"催生"，每次至少带来八个食盒。两亲家，按着哲学上说，永远应当是对仇人。娘家妈带来的东西越多，婆婆越觉得这是有意羞辱人；婆婆越加紧张罗吃食，娘家妈越觉得女儿的嘴亏。这样一竞争，少奶奶可得其所哉，连嘴犄角都吃烂了。

收生婆已经守了七天七夜，压根儿生不下来。偏方儿，丸药，子孙娘娘的香灰，吃多了，全不灵验。到第八天头上，少奶奶连鸡汤都顾不得喝了，疼得满地打滚。王老太太急得给子孙娘娘跪了一股香，娘家妈把天仙庵的尼姑接来念催生咒；还是不中用。一直闹到半夜，小孩算是露出头发来。收生婆施展了绝技，除了把少奶奶的下部全抓破了别无成绩。小孩一定不肯出来。长似一年的一分钟，竟自过了五六十来分，还是只见头发不见孩子。有人说，少奶奶得上医院。上医院？王老太太不能这么办。好吗，上医院去开肠破肚不自自然然的产出来，硬由肚子里往外掏！洋鬼子，二毛子，能那么办；王家要"养"下来的孙子，不要"掏"出来的。娘家妈也发了言，养小孩还能快了吗？小鸡生个蛋也得到了时候呀！况且催生咒还没念完，忙什么？不敬尼姑就是看不起神仙！

又耗了一点钟，孩子依然很固执。少奶奶直翻白眼。王老太太眼中含着老泪，心中打定了主意：保小的不保大人。媳妇死了，再娶一个；孩子更要紧。她翻白眼呀，正好一狠心把孩子拉出来。找奶妈养着一样的好，假如媳妇死了的话。告诉了收生婆，拉！娘家妈可不干了呢，眼看着女儿翻了两点钟的白眼！孙子算老几，女儿是女儿。上医院吧，别等念完催生咒了；谁知道尼姑们念的是什么呢，假如不是催生咒，岂不坏了事？把尼姑打发了。婆婆还是不答应；"掏"，行不开！婆婆不赞成，娘家妈还真没主意。嫁出的女儿泼出的水，活是王家的人，死是王家的鬼呀。两亲家彼此瞪着，恨不能咬下谁一块肉才解气。

又过了半点多钟，孩子依然不动声色，干脆就是不肯出来。收

·121·

生婆见事不好，抓了一个空儿溜了。她一溜，王老太太有点拿不住劲儿了。娘家妈的话立刻增加了许多分量："收生婆都跑了，不上医院还等什么呢？等小孩死在胎里哪！"

"死"和"小孩"并举，打动了王太太的心。可是"掏"到底是行不开的。

"上医院去生产的多了，不是个个都掏。"娘家妈力争，虽然不一定信自己的话。

王老太太当然不信这个，上医院没有不掏的。

幸而娘家爹也赶到了。娘家妈的声势立刻浩大起来。娘家爹也主张上医院。他既然也这样说，只好去吧。无论怎说，他到底是个男人。虽然生小孩是女人的事，可是在这生死关头，男人的主意多少有些力量。

两亲家，王少奶奶，和只露着头发的孙子，一同坐汽车上了医院。刚露了头发就坐汽车，真可怜的慌，两亲家不住的落泪。

一到医院，王老太太就炸了烟①。怎么，还得挂号？什么叫挂号呀？生小孩子来了，又不是买官米打粥，按哪门子号头呀？王老太太气坏了，孙子可以不要了，不能挂这个号。可是继而一看，若

---

① 炸了烟，大发脾气的意思。

是不挂号，人家大有不叫进去的意思。这口气难咽，可是还得咽；为孙子什么也得忍受。设若自己的老爷还活着，不立刻把医院拆个土平才怪；寡妇不行，有钱也得受人家的欺侮。没工夫细想心中的委屈，赶快把孙子请出来要紧。挂了号，人家要预收五十块钱。王老太太可抓住了："五十？五百也行，老太太有钱！干脆要钱就结了，挂哪门子浪号，你当我的孙子是封信呢！"

医生来了。一见面，王老太太就炸了烟，男大夫？男医生当收生婆？我的儿媳妇不能叫男子大汉给接生。这一阵还没炸完，又出来两个大汉，抬起儿媳妇就往床上放。老太太连耳朵都哆嗦开了！这是要造反呀，人家一个年轻轻的孕妇，怎么一群大汉来动手脚的？"放下，你们这儿有懂人事的没有？要是有的话，叫几个女的来！不然，我们走！"

恰巧遇上个顶和气的医生，他发了话："放下，叫她们走吧！"

王老太太咽了口凉气，咽下去砸得心中怪热的，要不是为孙子，至少得打大夫几个最响的嘴巴！现官不如现管，谁叫孙子故意闹脾气呢。抬吧，不用说废话。两个大汉刚把儿媳妇放在帆布床上，看！大夫用两只手在她肚子上这一阵按！王老太太闭上了眼，心中骂亲家母：你的女儿，叫男子这么按，你连一声也不发，德行！刚要骂出来，想起孙子；十来个月的没受过一点委屈，现在被大夫用手乱杵，嫩皮嫩骨的，受得住吗？她睁开了眼，想警告大夫。哪知道大夫反倒先问下来了："孕妇净吃什么来着？这么大的肚子！你们这些人没办法，什么也给孕妇吃，吃得小孩这么肥大。平日也不来检验，产不下来才找我们！"他没等王老太太回答，向两个大汉说："抬走！"

王老太太一辈子没受过这个。"老太太"到哪儿不是圣人，今天竟自听了一顿教训！这还不提，话总得说得近情近理呀；孕妇不多吃点滋养品，怎能生小孩呢，小孩怎会生长呢？难道大夫在胎里的时候专喝西北风？西医全是二毛子！不便和二毛子辩驳；拿娘家妈杀气吧，瞪着她！娘家妈没有意思挨瞪，跟着女儿就往里走。王老太太一看，也忙赶上前去。那位和气生财的大夫转过身来："这儿等着！"

两亲家的眼都红了。怎么着，不叫进去看看？我们知道你把儿媳妇抬到哪儿去啊？是杀了，还是剐了啊？大夫走了。王老太太把一肚子邪气全照顾了娘家妈："你说不掏，看，连进去看看都不行！掏？还许大切八块呢！宰了你的女儿活该！万一要把我的孙子——我的老命不要了。跟你拼了吧！"

娘家妈心中打了鼓，真要把女儿切了，可怎办？大切八块不是没有的事呀，那回医学堂开会不是大玻璃箱里装着人腿人腔子吗？

没办法！事已至此，跟女儿的婆婆干吧！"你倒怨我？是谁一天到晚填我的女儿来着？没听大夫说吗？老叫儿媳妇的嘴不闲着，吃出毛病来没有？我见人见多了，就没看见一个像你这样的婆婆！"

"我给她吃？她在你们家的时候吃过饱饭吗？"王太太反攻。

"在我们家里没吃过饱饭，所以每次看女儿去得带八个食盒！"

"可是呀，八个食盒，我填她，你没有？"

两亲家混战一番，全不示弱，骂得也很具风格。

大夫又回来了。果不出王老太太所料，得用手术，手术二字虽听着耳生，可是猜也猜着了，手要是竖起来，还不是开刀问斩？大夫说：用手术，大人小孩或者都能保全。不然，全有生命的危险。小孩已经误了三小时，而且决不能产下来，孩子太大。不过，要施手术，得有亲族的签字。

王老太太一个字没听见。掏是行不开的。

"怎样？快决定！"大夫十分的着急。

"掏是行不开的！"

"愿意签字不？快着！"大夫又紧了一板。

"我的孙子得养出来！"

娘家妈急了："我签字行不行？"

王老太太对亲家母的话似乎特别的注意："我的儿媳妇！你算

哪道？"

大夫真急了，在王老太太的耳根子上扯开脖子喊："这可是两条人命的关系！"

"掏是不行的！"

"那么你不要孙子了？"大夫想用孙子打动她。

果然有效，她半天没言语。她的眼前来了许多鬼影，全似乎是向她说："我们要个接续香烟的，掏出来的也行！"

她投降了。祖宗当然是愿要孙子；掏吧！"可有一样，掏出来得是活的！"她既是听了祖宗的话，允许大夫给掏孙子，当然得说明了——要活的。掏出个死的来干吗用？只要掏出活孙子来，儿媳妇就是死了也没大关系。

娘家妈可是不放心女儿："准能保大小都活着吗？"

"少说话！"王老太太教训亲家太太。

"我相信没危险，"大夫急得直流汗，"可是小孩已经耽误了半天，难保没个意外；要不然请你签字干吗？"

"不保准呀？乘早不用费这道手！"老太太对祖宗非常的负责任；好吗，掏了半天都再不会活着，对得起谁！

"好吧，"大夫都气晕了，"请把她拉回去吧！你可记住了，两条人命！"

"两条三条吧,你又不保准,这不是瞎扯!"

大夫一声没出,抹头就走。

王老太太想起来了,试试也好。要不是大夫要走,她决想不起这一招儿来。"大夫,大夫!你回来呀,试试吧!"

大夫气得不知是哭好还是笑好。把单子念给她听,她画了个十字儿。

两亲家等了不晓得多么大的时候,眼看就天亮了,才掏了出来,好大的孙子,足分量十三磅!王老太太不晓得怎么笑好了,拉住亲家母的手一边笑一边刷刷的落泪。亲家母已不是仇人了,变成了老姐姐。大夫也不是二毛子了,是王家的恩人,马上赏给他一百块钱才合适。假如不是这一掏,叫这么胖的大孙子生生的憋死,怎对祖宗呀?恨不能跪下就磕一阵头,可惜医院里没供着子孙娘娘。

胖孙子已被洗好,放在小儿室内。两位老太太要进去看看。不只是看看,要用一夜没洗过的老手指去摸摸孙子的胖脸蛋。看护不准两亲家进去,只能隔着玻璃窗看着。眼看着自己的孙子在里面,自己的孙子,连摸摸都不准!娘家妈摸出个红封套来——本是预备赏给收生婆的——递给看护;给点运动费,还不准进去?事情都来得邪,看护居然不收。王老太太揉了揉眼,细端详了看护一番,心里说:"不像洋鬼子妞呀,怎么给赏钱都不接着呢?也许是面生,不

· 127 ·

好意思的？有了，先跟她闲扯几句，打开了生脸就好办了。"指着屋里的一排小篮说："这些孩子都是掏出来的吧？"

"只是你们这个，其余的都是好好养下来的。"

"没那个事，"王老太太心里说，"上医院来的都得掏。"

"给孕妇大油大肉吃才掏呢。"看护有点爱说话。

"不吃，孩子怎能长这么大呢！"娘家妈已和王老太太立在同一战线上。

"掏出来的胖宝贝总比养下来的瘦猴儿强！"王老太太有点觉得不掏出来的孩子没有住医院的资格，"上医院来'养'，脱了裤子放屁，费什么两道手！"

无论怎说，两亲家干瞪眼进不去。

王老太太有了主意，"丫环，"她叫那个看护，"把孩子给我，我们家去。还得赶紧去预备洗三请客呢！"

"我既不是丫环，也不能把小孩给你。"看护也够和气的。

"我的孙子，你敢不给我吗？医院里能请客办事吗？"

"用手术取出来的，大人一时不能给小孩奶吃，我们得给他奶吃。"

"你会，我们不会？我这快六十的人了，生过儿养过女，不比你懂得多，你养过小孩吗？"老太太也说不清看护是姑娘，还是媳妇，谁知道这头戴小白盔的是什么呢。

"没大夫的话,反正小孩不能交给你!"

"去把大夫叫来好了,我跟他说;还不愿意跟你费话呢!"

"大夫还没完事呢,割开肚子还得缝上呢。"

看护说到这里,娘家妈想起来女儿。王老太太似乎还想不起儿媳妇是谁。孙子没生下来的时候,一想起孙子便也想到媳妇;孙子生下来了,似乎把媳妇忘了也没什么。娘家妈可是要看看女儿,谁知道女儿的肚子上开了多大一个洞呢?割病室不许闲人进去,没法,只好陪着王老太太瞭望着胖小子吧。

好容易看见大夫出来了。王老太太赶紧去交涉。

"用手术取小孩,顶好在院里住一个月。"大夫说。

"那么三天满月怎么办呢?"王老太太问。

"是命要紧,还是办三天要紧呢?产妇的肚子没长上,怎能去应酬客人呢?"大夫反问。

王老太太确是以为办三天比人命要紧,可是不便于说出来,因为娘家妈在旁边听着呢。至于肚子没长好,怎能招待客人,那有办法:"叫她躺着招待,不必起来就是了。"

大夫还是不答应。王老太太悟出一条理来:"住院不是为要钱吗?好,我给你钱,叫我们娘们走吧,这还不行?"

"你自己看看去,她能走不能?"大夫说。

两亲家反都不敢去了。万一儿媳妇肚子上还有个盆大的洞,多么吓人?还是娘家妈爱女儿的心重,大着胆子想去看看。王老太太也不好意思不跟着。

到了病房,儿媳妇在床上放着的一张卧椅上躺着呢,脸就像一张白纸。娘家妈哭得放了声,不知道女儿是活还是死。王老太太到底心硬,只落了一半个泪,紧跟着炸了烟:"怎么不叫她平平正正的躺下呢?这是受什么洋刑罚呢?"

"直着呀,肚子上缝的线就绷了,明白没有?"大夫说。

"那么不会用胶粘上点吗?"王老太太总觉得大夫没有什么高明主意。

娘家妈想和女儿说几句话,大夫也不允许。两亲家似乎看出来,大夫不定使了什么坏招儿,把产妇弄成这个样。无论怎说吧,大概一时是不能出院。好吧。先把孙子抱走,回家好办三天呀。

大夫也不答应,王老太太急了。"医院里洗三不洗?要是洗的话,我把亲友全请到这儿来;要是不洗的话,再叫我抱走;头大的孙子,洗三不请客办事,还有什么脸得活着?"

"谁给小孩奶吃呢?"大夫问。

"雇奶妈子!"王老太太完全胜利。

到底把孙子抱出来了。王老太太抱着孙子上了汽车，一上车就打喷嚏，一直打到家，每个喷嚏都是照准了孙子的脸射去的。到了家，赶紧派人去找奶妈子，孙子还在怀中抱着，以便接收喷嚏。不错，王老太太知道自己是着了凉；可是至死也不能放下孙子。到了晌午，孙子接了至少有二百多个喷嚏，身上慢慢的热起来。王老太太更不肯撒手了。到了下午三点来钟，孙子烧得像块火炭了。到了夜里，奶妈子已雇妥了两个，可是孙子死了，一口奶也没有吃。

王老太太只哭了一大阵，哭完了，她的老眼瞪圆了："掏出来的！掏出来的能活吗？跟医院打官司！那么沉重的孙子会只活了一天，哪有的事？全是医院的坏，二毛子们！"

王老太太约上亲家母，上医院去闹。娘家妈也想把女儿赶紧接出来，医院是靠不住的！

把儿媳妇接出来了；不接出来怎好打官司呢？接出来不久，儿媳妇的肚子裂了缝，贴上"产后回春膏"也没什么用，她也不言不语的死了。好吧，两案归一，王老太太把医院告了下来。老命不要了，不能不给孙子和媳妇报仇！

柳屯的

要计算我们村里的人们，在头几个手指上你总得数到夏家，不管你对这一家子的感情怎么样。夏家有三百来亩地，这就足以说明了一大些，即使承认我们的村子不算是很小。

夏老者在庚子年前就信教。他的儿子夏廉也信教。

他们有三百来亩地，这倒比信教不信教还更要紧；不过，他们父子决不肯抛弃了宗教，正如不肯割舍一两亩地。假如他们光信教而没有这些产业，大概偶尔到乡间巡视的洋牧师决不会特意地记住他们的姓名。事实上他们有三百来亩地，而且信教，这便有了文章。

他们的心里颇有个数儿。要说为村里的公益事儿拿个块儿八毛的，夏家父子的钱袋好像天衣似的，没有缝儿。"我们信教，不开发这个。"信教的利益，在这里等着你呢，村里的人没有敢公然说他们父子刻薄的，可也没有人捧场夸奖他们厚道。他们若不跳出圈去欺侮人，人们也就不敢无故地招惹他们，彼此敬而远之。不过，有的时候，人们还非去找夏家父子不可；这可就没的可说了。周瑜打黄盖，愿打愿挨。"知道我们厉害呀，别找上门来！事情是事情！"他们父子虽不这么明说，可确是这么股子劲儿。无论买什么，他们总比别人少花点儿；但是现钱交易，一手递钱，一手交货，他们管这个叫作教友派儿。至于偶尔被人家捉了大头，就是说明了"概不退换"，也得退换；教友派儿在这种关节上更露出些力量。没人敢惹他们，而他们又的确不是刺儿头——从远处看。找上门来挨刺，他们父子实在有些无形的硬翎儿。

要是由外表上看，他们离着精明还远得很呢。夏老者身上最出色的是一对罗圈腿。成天拐拉拐拉地出来进去，出来进去，好像失落了点东西，找了六十多年还没有找着。被罗圈腿闹得身量也显着特别的矮，虽然努力挺着胸口也不怎么尊严。头也不大，眉毛比胡子似乎还长，因此那几根胡子老像怪委屈的。红眼边；眼珠不是黄的，也不是黑的，更说不上是蓝的，就那么灰不拉的，瘪瘪着；看人的时候永远拿鼻子尖瞄准儿，小尖下巴颏也随着翘起来。夏廉比父亲体面些，个子也高些。长脸，笑的时候仿佛都不愿脸上的肉动一动。眼睛老望着远处，似乎心中永远有点什么问题。他最会发愣。

父亲要像个小蒜，儿子就像个楞青辣椒。

我和夏廉小时候同过学。我不知道他们父子的志愿是什么，他们不和别人谈心，嘴能像实心的核桃那么严。可是我晓得他们的产业越来越多。我也晓得，凡是他们要干的，哪怕是经过三年五载，最后必达到目的。在我的记忆中，他们似乎没有失败过。他们会等；一回不行，再等；还不行，再等！坚忍战败了光阴，精明会抓住机会，往好里说，他们确是有可佩服的地方。很有几个人，因为看夏家这样一帆风顺，也信了教；他们以为夏家所信的神必是真灵验。这个想法的对不对是另一问题，夏家父子的成功是事实。

或者不仅是我一个人有时候这么想：他们父子是不是有朝一日也会失败呢？以我自己说，这不是出于忌妒，我并无意看他们的哈哈笑，这是一种好奇的推测。我总以为人究竟不能胜过一切，谁也得有消化不了的东西。拿人类全体说，我愿意，希望，咱们能战胜一切，就个人说，我不这么希望，也没有这种信仰。拿破仑碰了钉子，也该碰。

在思想上，我相信这个看法是不错的。不错，我是因看见夏家父子而想起这个来，但这并不是对他们的诅咒。

谁知道这竟自像诅咒呢！我不喜欢他们的为人，真的；可也没想他们果然会失败。我并不是看见苍蝇落在胶上，便又可怜它了，不是；他们的失败实在太难堪了，太奇怪了；这件"事"使我的感情与理智分道而驰了。

前五年吧，我离开了家乡一些日子。等到回家的时候，我便听说许多关于——也不大利于——我的老同学的话。把这些话凑在一处，合成这么一句：夏廉在柳屯——离我们那里六里多地的一个小村子——弄了个"人儿"。

这种事要是搁在别人的身上，原来并没什么了不得的。夏廉，不行。第一，他是教友；打算弄人儿就得出教。据我们村里的人看，无论是在白莲教，或什么教，只要一出教就得倒运。自然，夏廉要倒运，正是一些人所希望的，所以大家的耳朵都竖起来，心中也微微有点跳。至于由教会的观点看这件事的合理与否的，也有几位，可是他们的意见并没引起多大的注意——太带洋味儿。

第二，夏廉，夏廉！居然弄人儿！把信教不信教放在一边，单说这个"人"，他会弄人儿，太阳确是可以打西边出来了，也许就是明天早晨！

夏家已有三辈是独传。夏廉有三个女儿，一个儿子。这个儿子活到十岁上就死了。夏嫂身体很弱，不见得再能生养。三辈子独传，到这儿眼看要断根！这个事实是大家知道的，可是大家并不因此而使夏廉舒舒服服地弄人儿，他的人缘正站在"好"的反面儿。

"断根也不能动洋钱",谁看见那个愣辣椒也得这么想,这自然也是大家所以这样惊异的原因。弄人儿,他?他!

还有呢,他要是讨个小老婆,为是生儿子,大家也不会这么见神见鬼的。他是在柳屯搭上了个娘们。"怪不得他老往远处看呢,柳屯!"大家笑着嘀咕,笑得好像都不愿费力气,只到嗓子那溜儿,把未完的那些意思交给眼睛挤咕出来。

除了夏廉自己明白他自己,别人都不过是瞎猜;他的嘴比蛤蜊还紧。可是比较的,我还算是他的熟人,自幼儿的同学。我不敢说是明白他,不过讲猜测的话,我或者能猜个八九不离十。拿他那点宗教说,大概除了他愿意偶尔有个洋牧师到家里坐一坐,和洋牧师喜欢教会里有几家基本教友,别无作用。他当义和拳或教友恐怕没有多少分别。神有一位还是有十位,对于他,完全没关系。牧师讲道他便听着,听完博爱他并不少占便宜。可是他愿作教友。他没着朋友,所以要有个地方去——教会正是个好地方。"你们不理我呀,我还不爱交接你们呢;我自有地方去,我是教友!"这好像明明地在他那长脸上写着呢。

他不能公然地娶小老婆,他不愿出教。可是没儿子又是了不得的事。他想偷偷地解决了这个问题。搭上个娘们,等到有了儿子再说。夏老者当然不反对,祖父盼孙子自有比父亲盼儿子还盼得厉害

· 136 ·

的。教会呢，洋牧师不时常来，而本村的牧师还不就是那么一回事。反正没晴天大日头地用敞车往家里拉人，就不算是有意犯教规，大家闭闭眼，事情还有过不去的？

至于图省钱，那倒未必。搭人儿不见得比娶小省钱。为得儿子，他这一回总算下了决心，不能不咬咬牙。"教友"虽不是官衔，却自有作用，而儿子又是必不可少的，闭了眼啦，花点钱！

这是我的猜测，未免有点刻薄，我知道；但是不见得比别人的更刻薄。至于正确的程度，我相信我的是最优等。

在家没住了几天，我又到外边去了两个月。到年底下我回家来过年，夏家的事已发展到相当的地步；夏廉已经自动地脱离教会，那个柳屯的人儿已接到家里来。我真没想到这事儿会来得这么快。但是我无须打听，便能猜着：村里人的嘴要是都咬住一个地方，不过三天就能把长城咬塌了一大块。柳屯那位娘们一定是被大家给咬出来了，好像猎狗掘兔子窝似的，非扒到底儿不拉倒。他们的死咬一口，教会便不肯再装聋卖傻，于是……这个，我猜对了。

可是，我还有不知道的。我遇见了夏老者。他的红眼边底下有些笑纹，这是不多见的。那几根怪委屈的胡子直微微地动，似乎是要和我谈一谈。我明白了：村里人们的嘴现在都咬着夏家，连夏老头子也有点撑不住了；他也想为自己辩护几句。我是刚由外边回来的,好像是个第三者,他正好和我诉诉委屈。好吧,蛤蜊张了嘴,不容易的事,我不便错过这个机会。

他的话是一派的夸奖那个娘们,他很巧妙的管她叫作"柳屯的"。这个老家伙有两下子,我心里说。他不为这件"事"辩护,而替她在村子里开道儿。村儿里的事一向是这样:有几个人向左看,哪怕是原来大家都脸朝右呢,便慢慢地能把大家都引到左边来。她既是来了,就得设法叫她算个数:这老头子给她刷地基呢。"柳屯的"不卑不亢的简直的有些诗味!

"太好了,'柳屯的',"他的红眼边忙着眨巴,"比大嫂强多了,真泼辣!能洗能作,见了人那份和气,公是公,婆是婆!多费一口子的粮食,可是咱们白用一个人呢!大嫂老有病,横草不动,竖草不拿;'柳屯的'什么都拿得起来!所以我就对廉儿说了,"老头子抬着下巴颏看准了我的眼睛,我知道他是要给儿子掩饰的,"我就说了,廉儿呀,把她接来吧,咱们'要'这么一把手!"说完,他向我眨巴眼,红眼边一劲的动,看看好像是孙猴子的父亲。他是等着我的意见呢。

"那就很好。"我只说了这么一句四面不靠边的。

"实在是神的意思!"他点头赞叹着,"你得来看看她;看见她,你就明白了。"

"好吧，大叔，明儿个去给你老拜年。"真的我想看看这位柳屯的贤妇。

第二天我到夏家去拜年，看见了"柳屯的"。

她有多大岁数，我说不清，也许三十，也许三十五，也许四十。大概说她在四十五以下准保没错。我心里笑开了，好个"人儿"！高高的身量，长长的脸，脸上擦了一斤来的白粉，可是并不见得十分白；鬓角和眉毛都用墨刷得非常整齐：好像新砌的墙，白的地方还没全干，可是黑的地方真黑真齐。眼睛向外努着，故意的慢慢眨巴眼皮，恐怕碰了眼珠似的。头上不少的黄发，也用墨刷过，可是刷得不十分成功；戴着朵红石榴花。一身新蓝洋缎棉袄棉裤，腋下耷拉着一块粉红洋纱手绢。大红新鞋，至多也不过一尺来的长。

我简直的没话可说，心里头一劲儿地要笑，又有点堵得慌。

"柳屯的"倒有的说。她好像也和我同过学，有模有样地问我这个那个的。从她的话里我看出来，她对于我家和村里的事知道得很透彻。她的眼皮慢慢么向我眨巴了几下，似乎已连我每天吃几个馍馍都看了去！她的嘴可是甜甘，一边张罗客人的茶水，一边儿说；一边儿说着，一边儿用眼角扫着家里的人；该叫什么的便先叫出来，而后说话，叫得都那么怪震心的。夏老者的红眼边上有点湿润，夏老太太——一个瘪嘴弯腰的小老太太——的眼睛随着"柳屯的"转；

139

一声爸爸一声妈，大概给二位老者已叫迷糊了。夏廉没在家。我想看看夏大嫂去，因为听说她还病着。夏家二位老人似乎没什么表示，可是眼睛都瞧着"柳屯的"，像是跟她要主意；大概他们已承认；交际来往，规矩礼行这些事，他们没有"柳屯的"那样在行，所以得问她。她忙着就去开门，往西屋里让。陪着我走到窗前。便交代了声："有人来了。"然后向我一笑，"屋里坐；我去看看水。"我独自进了西屋。

夏大嫂是全家里最老实的人。她在炕上围着被子坐着呢。见了我，她似乎非常地喜欢。可是脸上还没笑利落，泪就落下来了："牛儿叔！牛儿叔！"她叫了我两声。我们村里彼此称呼总是带着乳名的，孙子呼祖父也得挂上小名。她像是有许多的话，可是又不肯说，抹了抹泪，向窗外看了看，然后向屋外指了一下。我明白她的意思。

我问她的病状，她叹了口气："活不长了；死了也不能放心！"那个娘们实在是夏嫂心里的一块病，我看出来。即使我承认夏嫂是免不掉忌妒，我也不能说她的忧虑是完全为自己，她是个最老实的人。我和她似乎都看出来点危险来，那个娘们！

由西屋出来，我遇上了"她"，在上房的檐下站着呢。很亲热地赶过来，让我再坐一坐，我笑了笑，没回答出什么来。我知道这一笑使我和她结下仇。这个娘们眼里有话，她看清这一笑的意思，况且我是刚从西屋出来。出了大门,我吐了口气,舒畅了许多;在她的面前,我也不怎么觉着别扭。我曾经作过一个噩梦,梦见一个母老虎,脸上擦着铅粉。这个"柳屯的"又勾起这个噩梦所给的不快之感。我讨厌这个娘们,虽然我对她并没有丝毫地位的道德的成见。只是讨厌她,那一对努出的眼睛!

年节过去,我又离开了故乡,到次年的灯节回来。

似乎由我一进村口,我就听到一种叽叽喳喳的声音;在这声音当中包着的是"柳屯的"。我一进家门,大家急于报告的也是她。

在我定了定神之后,我记得已听见他们说:夏老头子的胡子已剩下很少,被"柳屯的"给扯去了多一半。夏老太太常给这个老婆跪着。夏大嫂已经分出去另过。夏廉的牙齿都被嘴巴搧了去……我怀疑我莫不是做梦呢!不是梦,因为我歇息了一会儿以后,他们继续地告诉我:"柳屯的"把夏家完全拿下去了。他们你一言我一语地争着说,我相信了这是真事,可是记不清他们说的都是什么了。

我一向不大信《醒世姻缘》中的故事;这个更离奇。我得亲眼去看看!眼见为真,不然我不能信这些话。

第二天,村里唱戏,早九点就开锣。我也随着家里的人去看热闹;其实我的眼睛专在找"她"。到了戏台的附近,台上已打了头通。台下的人已不少,除了本村的还有不少由外村来的。因为地势与户口的关系，戏班老是先在我们这里驻脚。二通锣鼓又响了，我一眼看见了"她"。她还是穿着新年的漂亮衣服，脸上可没有擦粉——不像一小块新砌的墙了，可是颇似一大扇棒子面的饼子。乡下的戏台搭得并不矮，她抓住了台沿，只一悠便上去了。上了台，她一直扑过文场去，"打住！"她喝了一声。锣鼓立刻停了。我以为她是要票一出什么呢。《送亲演礼》，或是《探亲家》，她演，准保合适，据我想。不是，我没猜对，她转过身来，两步就走到台边，向台下的人一挥手。她的眼努得像一对小灯笼。说也奇怪，台下大众立刻鸦雀无声了。我的心凉了：在我离开家乡这一年的工夫，她已把全村治服了。她用的是什么方法，我还没去调查，但大家都不敢惹她确是真的。

"老街坊们！"她的眼珠努得特别的厉害，台根底下立着的小孩们，被她吓哭了两三个。"老街坊们！我娘们先给你们学学夏老王八的样儿！"她的腿圈起来，眼睛拿鼻尖作准星，向上半仰着脸，在台上拐拉了两个圈。台下有人哈哈地笑起来。

走完了场，她又在台边站定，眼睛整扫了一圈，开始骂夏老王八。她的话，我没法记录下来，我脑中记得的那些字绝对不够用的。她足足骂了三刻钟，一句跟着一句，流畅而又雄厚。设若不是她的嗓子有点不跟劲，大概骂个两三点钟是可以保险的。

她下了台，戏就开了，观众们高高兴兴地看戏，好像刚才那一幕，也是在程序之中的。我的脑子里转开了圈，这是啥事儿呢？本来不想听戏，我就离开戏台，到"地"里去溜达。

走出不远，迎面松儿大爷撅撅着胡子走来了。

"听戏去，松儿大爷？新喜，多多发财！"我作了个揖。

"多多发财！"老头子打量了我一番，"听戏去？这个年头的戏！"

"听不听不吃劲①！"我迎合着说。老人都有这宗脾气，什么也是老年间的好，其实松儿大爷站在台底下，未必不听得把饭也忘了吃。

"看怎么不吃劲了！"老头儿点头咂嘴的说。

"松儿大爷，咱们爷儿俩找地方聊聊去，不比听戏强？城里头买来的烟卷！"我掏出盒"美丽"来，给了老头子一支，松儿大爷是村里的圣人，我这盒烟卷值金子，假如我想打听点有价值的消息；夏家的事，这会儿在我心中确是有些价值。怎会全村里就没有敢惹她的呢？这像块石头压着我的心。

把烟点着，松儿大爷带着响吸了两口，然后翻着眼想了想："走

---

① 不吃劲，即不在乎，没关系。

吧，家里去！我有二百一包的，闷得酽酽的，咱们扯它半天，也不赖！"

随着松儿大爷到了家。除了松儿大娘，别人都听戏去了。给他们拜完了年，我就手也把大娘给撵出去："大娘，听戏去，我们看家！"她把茶——真是二百一包的——给我们沏好，瘪着嘴听戏去了。

等松儿大爷审过了我——我挣多少钱，国家大事如何……我开始审他。

"松儿大爷，夏家的那个娘们是怎回事？"

老头子头上的筋跳起来，仿佛有谁猛孤丁地揍了他的嘴巴。"臭狗屎！提她？"啪的往地上唾了一口。

"可是没人敢惹她！"我用着激将法。

"新鞋不踩臭狗屎！"

我看出来村里有一部分人是不屑于理她，或者是因为不屑援助夏家父子。不踩臭狗屎的另一方面便是由着她的性反，所以我把"就没人敢出来管教管教她？"咽了回去，换上"大概也有人以为她怪香的？"

"那还用说！一斗小米，一尺布，谁不向着她；夏家爷儿俩一辈子连个屁也不放在街上！"

这又对了，一部分人已经降了她。她肯用一斗小米二尺布收买人，而夏家父子舍不得个屁。

"教会呢？"

"他爷们栽了，挂洋味的全不理他们了！"

他们父子的地位完了，这里大概含着这么点意思，我想：有的人或者宁自答理她，也不同情于他们；她是他们父子的惩罚，洋神仙保佑他们父子发了财，现在中国神仙借着她给弄个底儿掉！也许有人还相信她会呼风唤雨呢！

"夏家现在怎样了呢？"我问。

"怎么样？"松儿大爷一气灌完一大碗浓茶，用手背擦了擦胡子，"怎么样？我给他们算定了，出不去三四年，全完！咱这可不是血口喷人，盼着人家倒霉，大年灯节的！你看，夏大嫂分出去了，这是半年前的事了。那时候，柳屯这个娘们一天到晚挑唆：啊，没病装病，死吃一口，谁受得了？三个丫头，哪个不是赔钱货！夏老头子的心活了，给了大嫂三十亩地，让她带着三个女儿去住西小院那三间小南屋。由那天起，夏廉没到西院去过一次。他的大女儿是九月出的门子，他们全都过去吃了三天，可是一个铜子儿没给大嫂。夏廉和他那个爸爸觉得这是个便宜——白吃儿媳妇三天！"

"大嫂的娘家自然帮助些了？"我问。

"那是自然；可有一层，他们都擦着黑儿来，不敢叫柳屯的娘们看见。她在西墙那边老预备着个梯子，一天不定往西院了望多少回。没关系的人去看夏大嫂，墙头上有整车的村话打下来；有点关系的人，那更好了，那个娘们拿刀在门口堵着！"松儿大爷又唾了一口。

"没人敢惹她？"

松儿大爷摇了摇头。"夏大嫂是蛤蟆垫桌腿，死挨！"

"她死了，那个娘们好成为夏大嫂？"

"还用等她死了？现在谁敢不叫那个娘们'大嫂'呢？'二嫂'都不行！"

"松儿大爷你自己呢？"按说，我不应当这么挤兑这个老头子！

"我？"老头子似乎挂了劲，可是事实又叫他泄了气，"我不理她！"又似乎太泄气，所以补上，"多咱她找到我的头上来，叫她试试，她也得敢！我要跟夏老头子换换地方，你看她敢扯我的胡子不敢！夏老头子是自找不自在。她给他们出坏道儿，怎么占点便宜，他们听她的；这就完了。既听了她的，她就是老爷了！你听着，还有呢：她和他们不是把夏大嫂收拾了吗？不到一个月，临到夏老两口子了，她把他们也赶出去了。老两口子分了五十亩地，去住场院外那两间牛棚。夏老头子可真急了，背起捎马子就要进城，告状去。他还没走出村儿去，她追了上来，一把扯回他来，左右开弓就是几

· 146 ·

个嘴巴子,跟着便把胡子扯下半边,临完给他下身两脚。夏老头子半个月没下地。现在,她住着上房,产业归她拿着,看吧!"

"她还能谋害夏廉?"我插进一句去。

"那,谁敢说怎样呢!反正有朝一日,夏家会连块土坯也落不下,不是都被她拿了去,就是因为她而闹丢了。不知道别的,我知道这家子要玩完!没见过这样的事,我快七十岁的人了!"

我们俩都半天没言语。后来还是我说了:"松儿大爷,他们老公母俩和夏大嫂不会联合起来跟她干吗?"

"那不就好了吗,我的傻大哥!"松儿大爷的眼睛挤出点不得已的笑意来,"那个老头子混蛋哪。她一面欺侮他,一面又教给他去欺侮夏大嫂。他不敢惹她,可是敢惹大嫂呢。她终年病病歪歪的,还不好欺侮。他要不是这样的人,怎能会落到这步田地?那个娘们算把他们爷俩的脉摸准了!夏廉也是这样呀,他以为父亲吃了亏,便是他自己的便宜。要不怎说没法办呢!"

"只苦了个老实的夏大嫂!"我低声的说。

"就苦了她!好人掉在狼窝里了!"

"我得看看夏大嫂去!"我好像是对自己说呢。

"乘早不必多那个事,我告诉你句好话!"他很"自己"的说。

"那个娘们敢卷①我半句,我叫她滚着走!"我笑了笑。

松儿大爷想了会儿:"你叫她滚着走,又有什么好处呢?"

我没话可说。松儿大爷的哲理应当对"柳屯的"敢这样横行负一部分责任。同时,为个人计,这是我们村里最好的见解。谁也不去踩臭狗屎,可是臭狗屎便更臭起来;自然还有说她是香的人!

辞别了松儿大爷,我想看看大嫂去;我不能怕那个"柳屯的",不管她怎么厉害——村里也许有人相信她会妖术邪法呢!但是,继而一想:假如我和她干起来,即使我大获全胜,对夏大嫂有什么好处呢?我是不常在家里的人!我离开家乡,她岂不因此而更加倍的欺侮夏大嫂?除非我有彻底的办法,还是不去为妙。

不久,我又出了外,也就把这件事忘了。

大概有三年我没回家,直到去年夏天才有机会回去休息一两个月。

到家那天,正赶上大雨之后。田中的玉米、高粱、谷子,村内外的树,都绿得不能再绿。连树影儿、墙根上,全是绿的。在都市中过了三年,乍到了这种静绿的地方,好像是入了梦境;空气太新鲜了,确是压得我发困。我强打着精神,不好意思去睡,跟家里的

―――――――

① 卷,北方话,骂。

人闲扯开了。扯来扯去,自然而然的扯到了"她"。我马上不困了,可是同时在觉出乡村里并非是一首绿的诗。在大家的报告中,最有趣的是"她"现在正传教!我一听说,我想到了个理由:她是要把以前夏家父子那点地位恢复了来,可是放在她自己身上。不过,不管理由不理由吧,这件事太滑稽了。"柳屯的"传教?谁传不了教,单等着她!

据他们说,那是这么回事:村里来了一拨子教徒,有中国人,也有外国人。这群人是相信祷告足以治病,而一认罪便可以被赦免的。这群人与本地的教会无关,而且本地的教友也不参加他们的活动。可是他们闹腾得挺欢:偷青的张二楞,醉鬼刘四,盗嫂的冯二头,还有"柳屯的",全认了罪。据来的那俩洋人看,这是最大的成功,已经把张二楞们的像片——对了,还有时常骂街的宋寡妇也认了罪,纯粹因为白得一张像片;洋人带来个照相机——寄到外国去。奇迹!

这群人走了之后,"柳屯的"率领着刘四一干人等继续宣传福音,每天太阳压山的时候在夏家的场院讲道。

我得听听去!

有蹲着的,有坐着的,有立着的,夏家的场院上有二三十个人。我一眼看见了我家的长工赵五。

"你干吗来了？"我问他。

赵五的脸红了，迟迟顿顿地说："不来不行！来过一次，第二次要是不来，她卷祖宗三代！"

我也就不必再往下问了。她是这村的"霸王"。

柳树尖上还留着点金黄的阳光，蝉在刚来的凉风里唱着，我正呆看着这些轻摆的柳树，忽然大家都立起来，"她"来了！她比三年前胖了些，身上没有什么打扮修饰，可是很利落。她的大脚走得轻而有力，努出的眼珠向平处看，好像全世界满属她管似的。她站住，眼珠不动，全身也全不动，只是嘴唇微张："祷告！"大家全低下头。她并不闭眼，直着脖颈念念有词，仿佛是和神面对面的讲话呢。

正在这时候，夏廉轻手蹑脚地走来，立在她的后面，很虔敬地低下头，闭上眼。我没想到，他倒比从前胖了些。焉知我们以为难堪的，不是他的享受呢？猪八戒玩老雕，各好一路——我们村里很有些圣明的俗语儿。

她的祷告大略是："愿夏老头子一个跟头摔死。叫夏娘们一口气不来，堵死……"

奇怪的是，没有一个人觉着这个可笑，或是可恶。莫非她真有妖术邪法？我真有点发胡涂！

我很想和夏廉谈一谈。可是"柳屯的"看着我呢——用她的眼角。夏廉是她的猫，狗，或是个什么别的玩艺。他也看见我了，只那么一眼，就又低下头去。他拿她当作屏风，在她后面，他觉得安全，虽然他的牙是被她打飞了的。我不十分明白他俩的真正关系，我只想起：从前村里有个看香的妇人，顶着白狐大仙。她有个"童儿"，才四十多岁。这个童儿和夏廉是一对儿，我想不起更好的比方。这个老童儿随着白狐大仙的代表，真像耍猴子的身后随着的那个没有多少毛儿的羊。这个老童儿在晚上和白狐大仙的代表一个床上睡，所以他多少也有点仙气。夏廉现在似乎也有点仙气，他祷告的很虔诚。

我走开了，觉着"柳屯的"的眼随着我呢。

夏老者还在地里忙呢，我虽然看见他几次，始终没能谈一谈，他躲着我。他已不像样子了，红眼边好像要把夏天的太阳给比下去似的。可是他还是不惜力，仿佛他要把被"柳屯的"所夺去的都从地里面补出来，他拿着锄向地咬牙。

夏大嫂，据说，已病得快死了。她的二女儿也快出门子，给的是个当兵的，大概是个排长，可是村里都说他是个军官。

我们村里的人，对于教会的人是敬而远之，对于"县"里的人是手段与敬畏并用；大家最怕的，真怕的，是兵。"柳屯的"大概也有点怕兵，虽然她不说。她现在自己是传教的；是乡绅，虽然没有

"县"里的承认;也自己宣传她在县里有人。她有了乡间应有的一切势力(这是她自创的,她是个天才),只是没有兵。

对于夏二姑娘的许给一个"军官",她认为这是夏大嫂诚心和她挑战。她要不马上剪除她们,必是个大患。她要是不动声色地置之不理,总会不久就有人看出她的弱点。赵五和我研究这回事来着。据赵五说,无论"柳屯的"怎样欺侮夏大嫂,村里是不会有人管的。阔点的人愿意看着夏家出丑,另有一些人是"柳屯的"属下。不过,"柳屯的"至今还没动手,因为她对"兵"得思索一下。这几天她特别的虔诚,祷告的特别勤,赵五知道。云已布满,专等一声雷呢,仿佛是。

不久,雷响了。夏家二姑娘,在夏大嫂的三个女儿中算是最能干的。据"柳屯的"看,自然是最厉害的。有一天,三妞在门外买线,二妞在门内指导着——因为快出门子了,不好意思出来。这么个工夫,"柳屯的"也出来买线,三妞没买完就往里走,脸已变了颜色。二妞在门内说了一句:"买你的!"

"柳屯的"好像一个闪似的,就扑到门前:"我骂你们夏家十三辈的祖宗!"

二妞三妞全跑进去了,"柳屯的"在后面追。我正在不远的一棵柳树下坐着呢。我也赶到,生怕她把二妞的脸抓坏了。可是这个娘们敢情知道先干什么,她奔了夏大嫂去。两拳,夏大嫂就得没了命。她死了,"柳屯的"便名正言顺地是"大嫂"了;而后再从容地收拾二妞三妞。把她们卖了也没人管,夏老者是第一个不关心她们的,夏廉要不是为儿子还不弄来"柳屯的"呢,别人更提不到了。她已经进了屋门,我赶上了。在某种情形下,大概人人会掏点坏,我揪住了她,假意地劝解,可是我的眼睛尽了它们的责任。二妞明白我的眼睛,她上来了,三妞的胆子也壮起来。大概她们常梦到的快举就是这个,今天有我给助点胆儿,居然实现了。

我嘴里说着好的,手可是用足了力量;差点劲的男人还真弄不住她呢。正在这么个工夫,"柳屯的"改变了战略——好厉害的娘们!

"牛儿叔,我娘们不打架;"她笑着,头往下一低,拿出一些媚劲,"我吓吓着她们玩呢。小丫头片子,有了婆婆家就这么扬气,搁着你的!"说完,她瞭了我一眼,扭着腰儿走了。

光棍不吃眼前亏,她真要被她们捶巴两下子,岂不把威风扫尽——她觉出我的手是有些力气。

不大会儿,夏廉来了。他的脸上很难看。他替她来管教女儿了,我心里说。我没理他。他瞪着二妞,可是说不出来什么或者因为我在一旁,他不知怎样好了。二妞看着他,嘴动了几动,没说出什么

· 153 ·

来。又愣了会儿,她往前凑了凑,对准了他的脸就是一口,呸!他真急了,可是他还没动手,已经被我揪住。他跟我争巴了两下,不动了。看了我一眼,头低下去:"哎——"叹了口长气,"谁叫你们都不是小子呢!"这个人是完全被"柳屯的"拿住,而还想为自己辩护。他已经逃不出她的手,所以更恨她们——谁叫她们都不是男孩子呢!

二姑娘啐了爸爸一个满脸花,气是出了,可是反倒哭起来

夏廉走到屋门口,又愣住了。他没法回去交差。又叹了口气,慢慢地走出去。

我把二妞劝住。她刚住声,东院那个娘们骂开了:"你个贼王八,兔小子,连你自己的丫头都管不了……"

我心中打开了鼓,万一我走后,她再回来呢?我不能走,我叫三妞把赵五喊来。把赵五安置在那儿,我才敢回家。赵五自然是不敢惹她的,可是我并没叫他打前敌,他只是做会儿哨兵。

回到家中,我越想越不是滋味:我和她算是宣了战,她不能就这么完事。假如她结队前来挑战呢?打群架不是什么稀罕的事。完不了,她多少是栽了跟头。我不想打群架,哼,她未必不晓得这个!她在这几年里把什么都拿到手,除了有几家——我便是其中的一个——不肯理她,虽然也不肯故意得罪她;我得罪了她,这个娘们要

是有机会，是满可以做个"女拿破仑"，她一定跟我完不了。设若她会写书，她必定会写出顶好的农村小说，她真明白一切乡人的心理。

果然不出我所料，当天的午后，她骑着匹黑驴，打着把雨伞——太阳毒得好像下火呢——由村子东头到西头，南头到北头，叫骂夏老王八，夏廉——贼兔子——和那两个小窑姐。她是骂给我听呢。她知道我必不肯把她拉下驴来揍一顿，那么，全村还是她的，没人出来拦她吗。

赵五头一个吃不住劲了，他要求我换个人去保护二妞。他并非有意激动我，他是真怕；可是我的火上来了："赵五，你看我会揍她一顿不会？"

赵五眨巴了半天眼睛："行啊；可是好男不跟女斗，是不是？"

可就是，怎能一个男子去打女人家呢！我还得另想高明主意。

夏大嫂的病越来越沉重。我的心又移到她这边来：先得叫二妞出门子，落了丧事可就不好办了，逃出一个是一个。那个"军官"是张店的人，离我们这儿有十二三里路。我派赵五去催他快娶——自然是得了夏大嫂的同意。赵五愿意走这个差，这个比给二妞保镖强多了。

我是这么想，假如二妞能被人家顺顺当当地娶了走，"柳屯的"便算又栽了个跟头——谁不知道她早就憋住和夏大嫂闹呢？好，夏

· 155 ·

大嫂的女婿越多,便越难收拾,况且这回是个"军官"!我也打定了主意,我要看着二妞上了轿。那个娘们敢闹,我揍她。好在她有个闹婚的罪名,我们便好上县里说去了。

据我们村里的人看,人的运气,无论谁,是有个年限的;没人能走一辈子好运,连关老爷还掉了脑袋呢。我和"柳屯的"那一幕,已经传遍了全村,我虽没说,可是三妞是有嘴有腿的。大家似乎都以为这是一种先兆——"柳屯的"要玩完。人们不敢惹她,所以愿意有个人敢惹她,看打擂是最有趣的。

"柳屯的"大概也打听着这么点风声,所以加紧地打夏廉,作为一种间接的示威。夏廉的头已肿起多高,被她往磨盘上撞的。

张店的那位排长原是个有名有姓的人,他是和家里闹气而跑出去当了兵;他现在正在临县驻扎。赵五回来交差,很替二妞高兴——"一大家子人呢,准保有吃有喝;二姑娘有点造化!"他们也答应了提早结婚。

"柳屯的"大概上十回梯子,总有八回看见我:我替夏大嫂办理一切,她既下不了地,别人又不敢帮忙,我自然得卖点力气了——一半也是为气"柳屯的"。每逢她看见我,张口就骂夏廉,不但不骂我,连夏大嫂也摘干净了。我心里说,只要你不直接冲锋,我便不接碴儿,咱们是心里的劲!

夏廉，有一天晚上找我来了；他头上顶着好几个大青包，很像块长着绿苔的山子石。坐了半天，我们谁也没说话。我心里觉得非常乱，不知想什么好；他大概不甚好受。我为是打破僵局，没想就说了句："你怎能受她这个呢！"

"我没法子！"他板着脸说，眉毛要皱上，可是不成功，因为那块都肿着呢。

"我就不信一个男子汉——"

他没等我说完，就接了下去："她也有好处。"

"财产都被你们俩弄过来了，好处？"我恶意地笑着。

他不出声了，两眼看着屋中的最远处，不愿再还口；可是十分不爱听我的话；一个人有一个主意——他愿挨揍而有财产。"柳屯的"，从一方面说，是他的宝贝。

"你干什么来了？"我不想再跟他多费话。

"我——"

"说你的！"

"我——；你是有意跟她顶到头儿吗？"

"夏大嫂是你的元配，二妞是你的亲女儿！"

他没往下接碴；简单的说了一句："我怕闹到县里去！"

我看出来了："柳屯的"是决不能善罢甘休，他管不了；所以来劝告我。他怕闹到县里去——钱！到了县里，没钱是不用想出来的。他不能舍了"柳屯的"：没有她，夏老者是头一个必向儿子反攻的。夏廉是相当的厉害，可是打算大获全胜非仗着"柳屯的"不可。真要闹到县里去，而"柳屯的"被扣起来，他便进退两难了：不设法弄出她来吧，他失去了靠山；弄出她来吧，得花钱；所以他来劝我收兵。

"我不要求你帮助夏大嫂——你自己的妻子；你也不用管我怎样对待'柳屯的'。咱们就说到这儿吧。"

第二天，"柳屯的"骑着驴，打着伞，到县城里骂去了：由东关骂到西关，还骂的是夏老王八与夏廉。她试试。试试城里有人抓她或拦阻她没有。她始终不放心县里。没人拦她，她打着得胜鼓回来了；当天晚上，她在场院召集布道会，咒诅夏家，并报告她的探险经过。

战事是必不可避免的，我看准了。只好预备打吧，有什么法子呢？没有大糜乱，是扫不清咱们这个世界的污浊的；以大喻小，我们村里这件事也是如此。

这几天村里的人都用一种特别的眼神看我，虽然我并没想好如何作战——不过是她来，我决不退缩。谣言说我已和那位"军官"勾好，也有人说我在县里打点妥当；这使我很不自在。其实我完全是"玩玩",不想勾结谁。赵五都不肯帮助我,还用说别人?

村里的人似乎永远是圣明的。他们相信好运是有年限的,果然是这样;即使我不信这个,也敌不过他们——他们只要一点偶合的事证明了天意。正在夏家二妞要出阁之前,"柳屯的"被县里拿了去。村里的人知道底细,可是暗中都用手指着我。我真一点也不知道。

过了几天,消息才传到村中来:村里的一位王姑娘,在城里当看护。恰巧县知事的太太生小孩,把王姑娘找了去。她当笑话似的把"柳屯的"一切告诉了知事太太,而知事太太最恨做小老婆的,因为知事颇有弄个"人儿"的愿望与表示。知事太太下命令叫老爷"办"那个娘们,于是"柳屯的"就被捉进去。

村里人不十分相信这个,他们更愿维持"柳屯的"交了五年旺运的说法,而她的所以倒霉还是因为我。松儿大爷一半满意,一半慨叹的说:"我说什么来着?出不了三四年,夏家连块土坯也落不下!应验了吧?县里,二三百亩地还不是白填进去!"

夏廉决定了把她弄出来,愣把钱花在县里也不能叫别人得了去——连他的爸爸也在内。

夏老者也没闲着,没有"柳屯的",他便什么也不怕了。

夏家父子的争斗,引起一部分人的注意——张二楞,刘四,冯

·159·

二头和宋寡妇等全决定帮助夏廉。"柳屯的"是他们的首领与恩人。连赵五都还替她吹风——到了县衙门,"柳屯的"还骂呢,硬到底!没见她走的时候呢,叫四个衙役搀着她!四个呀,衙役!

夏二妞平平安安地被娶了走。暑天还没过去,夏大嫂便死了;她笑着死的。三妞被她的大姐接了走。夏家父子把夏大嫂的东西给分了。宋寡妇说:"要是'柳屯的'在家,夏大嫂那份黄杨木梳一定会给了我!夏家那俩爷们一对死王八皮!"

"柳屯的"什么时候能出来,没人晓得。可是没有人忘了她,连孩子们都这样的玩耍:"我当'柳屯的',你当夏老头?"他们这样商议:"我当'柳屯的'!我当'柳屯的'!我的眼会努着!"大家这么争论。

连我自己也觉得有点对不起她了,虽然我知道这是可笑的。

善　人

汪太太最不喜欢人叫她汪太太；她自称穆凤贞女士，也愿意别人这样叫她。她的丈夫很有钱，她老实不客气的花着；花完他的钱，而被人称穆女士，她就觉得自己是个独立的女子，并不专指着丈夫吃饭。

穆女士一天到晚不用提多么忙了，又搭着长得富泰，简直忙得喘不过气来。不用提别的，就光拿上下汽车说，穆女士——也就是穆女士！——一天得上下多少次。哪个集会没有她，哪件公益事情没有她？换个人，那么两条胖腿就够累个半死的。穆女士不怕，她的生命是献给社会的；那两条腿再胖上一圈，也得设法带到汽车里去。她永远心疼着自己，可是更爱别人，她是为救世而来的。

穆女士还没起床，丫环自由就进来回话。她嘱咐过自由们不止一次了：她没起来，不准进来回话。丫环就是丫环，叫她"自由"也没用，天生来的不知好歹。她真想抄起床旁的小桌灯向自由扔了去，可是觉得自由还不如桌灯值钱，所以没扔。

"自由，我嘱咐你多少回了！"穆女士看了看钟，已经快九点了，她消了点气，不为别的，是喜欢自己能一气睡到九点，身体定然是不错；她得为社会而心疼自己，她需要长时间的睡眠。

"不是，太太，女士！"自由想解释一下。

"说，有什么事！别磨磨蹭蹭的！"

"方先生要见女士。"

"哪个方先生？方先生可多了，你还会说话呀！"

"老师方先生。"

"他又怎样了？"

"他说他的太太死了！"自由似乎很替方先生难过。

"不用说，又是要钱！"穆女士从枕头底下摸出小皮夹来，"去，给他这二十，叫他快走；告诉明白，我在吃早饭以前不见人。"

自由拿着钱要走，又被主人叫住：

"叫博爱放好了洗澡水；回来你开这屋子的窗户。什么都得我现告诉，真劳人得慌！大少爷呢？"

"上学了，女士。"

"连个 kiss 都没给我,就走,好的。"穆女士连连地点头,腮上的胖肉直动。

"大少爷说了,下学吃午饭再给您一个 kiss。"自由都懂得什么叫 kiss,pie 和 bath。

"快去,别废话;这个劳人劲儿!"

自由轻快的走出去,穆女士想起来:方先生家里落了丧事,二少爷怎么办呢?无缘无故的死哪门子人,又叫少爷得荒废好几天的学!穆女士是极注意子女们的教育的。

博爱敲门,"水好了,女士。"

穆女士穿着睡衣到浴室去。雪白的澡盆,放了多半盆不冷不热的清水。凸花的玻璃,白瓷砖的墙,圈着一些热气与香水味。一面大镜子,几块大白毛巾;胰子盒,浴盐瓶,都擦得放着光。她觉得痛快了点。把白胖腿放在水里,她愣了一会儿;水给皮肤的那点刺激使她在舒适之中有点茫然。她想起点久已忘了的事。坐在盆中,她看着自己的白胖腿;腿在水中显着更胖,她心中也更渺茫。用一点水,她轻轻的洗脖子,洗了两把,又想起那久已忘了的事——自己的青春:二十年前,自己的身体是多么苗条,好看!她仿佛不认识了自己。想到丈夫,儿女,都显着不大清楚。他们似乎是些生人。她撩起许多水来,用力的洗,眼看着皮肤红起来。她痛快了些,不茫然了。她不只是太太，母亲；她是大家的母亲，一切女同胞的导师。她在外国读过书，知道世界大势，她的天职是在救世。

可是救世不容易！二年前，她想起来，她提倡沐浴，到处宣传："没有澡盆，不算家庭！"有什么结果？人类的愚蠢，把舌头说掉了，他们也不了解！摸着她的胖腿，她想应当灰心，任凭世界变成个狗窝，没澡盆，没卫生！可是她灰心不得，要牺牲就得牺牲到底。她喊自由：

"窗户开五分钟就得！"

"已经都关好了，女士！"自由回答。

穆女士回到卧室。五分钟的工夫屋内已然完全换了新鲜空气。她每天早上得做深呼吸。院内的空气太凉，屋里开了五分钟的窗子就满够她呼吸用的了。先弯下腰，她得意她的手还够得着脚尖，腿虽然弯着许多，可是到底手尖是碰了脚尖。俯仰了三次，她然后直立着喂了她的肺五六次。她马上觉出全身的血换了颜色，鲜红，和朝阳一样的热、艳。

"自由，开饭！"

穆女士最恨一般人吃的太多，所以她的早饭很简单：一大盘火腿蛋两块黄油面包，草果果酱，一杯加乳咖啡。她曾提倡过俭食：不要吃五六个窝头，或四大碗黑面条，而多吃牛乳与黄油。没人响应；好事是得不到响应的。她只好自己实行这个主张，自己单雇了个会做西餐的厨子。

吃着火腿蛋，她想起方先生来。方先生教二少爷读书，一月拿二十块钱，不算少。她就怕寒苦的人有多挣钱的机会；钱在她手里是钱，到了穷人手里是祸。她不是不能多给方先生几块，而是不肯，一来为怕自己落个冤大头的名儿，二来怕给方先生惹祸。连这么着，刚教了几个月的书，还把太太死了呢。不过，方先生到底是可怜的。她得设法安慰方先生：

"自由，叫厨子把'我'的鸡蛋给方先生送十个去；嘱咐方先生不要煮老了，嫩着吃！"

穆女士咂摸着咖啡的回味，想象着方先生吃过嫩鸡蛋必能健康起来，足以抵抗得住丧妻的悲苦。继而一想呢，方先生既丧了妻，没人给他做饭吃，以后顶好是由她供给他两顿饭。她总是给别人想得这样周到；不由她，惯了。供给他两顿饭呢，可就得少给他几块钱。他少得几块钱，可是吃得舒服呢。方先生应当感谢她这份体谅与怜爱。她永远体谅人怜爱人，可是谁体谅她怜爱她呢？想到这儿，她觉得生命无非是个空虚的东西；她不能再和谁恋爱，不能再把青春唤回来；她只能去为别人服务，可是谁感激她，同情她呢？

她不敢再想这可怕的事，这足以使她发狂。她到书房去看这一天的工作；工作，只有工作使她充实，使她疲乏，使她睡得香甜，使她觉到快活与自己的价值。

她的秘书冯女士已经在书房里等了一点多钟了。冯女士才二十三岁，长得不算难看，一月挣十二块钱。穆女士给她的名义是秘书，按说有这么个名字，不给钱也满下得去。穆女士的交际是多么广，做她的秘书当然能有机会遇上个阔人；假如嫁个阔人，一辈子有吃有喝，岂不比现在挣五六十块钱强？穆女士为别人打算老是这么周到，而且眼光很远。

见了冯女士，穆女士叹了口气："哎！今儿个有什么事？说吧！"她倒在个大椅子上。

冯女士把记事簿早已预备好了："今儿个早上是，穆女士，盲哑学校展览会，十时二十分开会；十一点十分，妇女协会，您主席；十二点，张家婚礼；下午……"

"先等等，"穆女士又叹了口气，"张家的贺礼送过去没有？"

"已经送过去了，一对鲜花篮，二十八块钱，很体面。"

"啊，二十八块的礼物不太薄——"

"上次汪先生作寿，张家送的是一端寿幛，并不——"

"现在不同了，张先生的地位比原先高了；算了吧，以后再找补吧。下午一共有几件事？"

"五个会呢！"

"哼！甭告诉我，我记不住。等我由张家回来再说吧。"穆女士点了根烟吸着，还想着张家的贺礼似乎太薄了些，"冯女士，你记下来，下星期五或星期六请张家新夫妇吃饭，到星期三你再提醒我一声。"

冯女士很快的记下来。

"别忘了问我张家摆的什么酒席，别忘了。"

"是，穆女士。"

穆女士不想上盲哑学校去，可是又怕展览会照像，像片上没有自己，怪不合适。她决定晚去一会儿，顶好是正赶上照像才好。这么决定了，她很想和冯女士再说几句，倒不是因为冯女士有什么可爱的地方，而是她自己觉得空虚，愿意说点什么……解解闷儿。她想起方先生来：

"冯，方先生的妻子过去了，我给他送了二十块钱去，和十个鸡子，怪可怜的方先生！"穆女士的眼圈真的有点发湿了。

冯女士早知道方先生是自己来见汪太太，她不见，而给了二十块钱。可是她晓得主人的脾气："方先生真可怜！可也是遇见女士这样的人，赶着给他送了钱去！"

穆女士脸上有点笑意，"我永远这样待人；连这么着还讨不出好儿来，人世是无情的！"

"谁不知道女士的慈善与热心呢！"

"哎！也许！"穆女士脸上的笑意扩展得更宽心了些。

"二少爷的书又得荒废几天！"冯女士很关心似的。

"可不是，老不叫我心静一会儿！"

"要不我先好歹的教着他？我可是不很行呀！"

"你怎么不行！我还真忘了这个办法呢！你先教着他得了，我白不了你！"

"您别又给我报酬，反正就是几天的事，方先生事完了还叫方先生教。"

穆女士想了会儿，"冯，简直这么办好不好？你就教下去，我每月一共给你二十五块钱，岂不整重？"

"就是有点对不起方先生！"

"那没什么，反正他丧了妻，家中的嚼谷小了；遇机会我再给他弄个十头八块的事；那没什么！我可该走了，哎！一天一天的，真累死人！"

丁

海上的空气太硬,丁坐在沙上,脚趾还被小的浪花吻着,疲乏了的阿波罗——是的,有点希腊的风味,男女老幼都赤着背,可惜胸部——自己的,还有许多别人的——窄些;不完全裸体也是个缺欠"中国希腊",窄胸喘不过气儿来的阿波罗!

无论如何,中国总算是有了进步。丁——中国的阿波罗——把头慢慢的放在湿软的沙上,很懒,脑子还清楚,有美、有思想。闭上眼,刚才看见的许多女神重现在脑中,有了进步!那个像高中没毕业的女学生!她妈妈也许还裹着小脚。健康美,腿!进步!小脚下海,呕,国耻!

背上太潮。新的浴衣贴在身上,懒得起来,还是得起,海空气会立刻把背上吹干。太阳很厉害,虽然不十分热。得买黑眼镜——

中山路药房里，圆的，椭圆的，放在阿司匹灵的匣子上。眼圈发干，海水里有盐，多喝两口海水，吃饭时可以不用吃咸菜；不行，喝了海水会疯的，据说：喝满了肚，啊，报上——什么地方都有《民报》；是不是一个公司的？——不是登着，二十二岁的少年淹死；喝满了肚皮，危险，海绿色的死！

炮台，一片绿，看不见炮，绿得诗样的美；是的，杀人时是红的，闲着便是绿的，像口痰。捶了胸口一拳，肺太窄，是不是肺病？没的事。帆船怪好看，找个女郎，就这么都穿着浴衣，坐一只小帆船，飘，飘，飘到岛的那边去；那个岛，像蓝纸上的一个苍蝇；比拟得太脏一些！坐着小船，摸着……浪漫！不，还是上崂山，有洋式的饭店。洋式的，什么都是洋式的，中国有了进步！

一对美国水兵搂着两个妓女在海岸上跳。背后走过一个妇人，哪国的？腿有大殿的柱子那样粗。一群男孩子用土埋起一个小女孩，只剩了头，"别！别！"尖声的叫。海哗啦了几下，音乐，呕，茶舞。哼，美国水兵浮远了。跳板上正有人往下跳，远远的，先伸平了胳臂，像十字架上的耶稣；溅起水花，那里必定很深，救生船。啊，那个胖子是有道理的，脖子上套着太平圈，像条大绿蟒。青岛大概没有毒蛇？印度。一位赤脚而没穿浴衣的在水边上走，把香烟头扔在沙上，丁看了看铁篮——果皮零碎，掷入篮内。中国没进步多少!

"哈喽,丁。"从海里爬出个人鱼。

妓女拉着水兵也下了水,传染,应当禁止。

"孙!"丁露出白牙;看看两臂,很黑;黑脸白牙,体面不了;浪漫?

胖妇人下了海,居然也能浮着,力学,力学,怎么来着?呕,一入社会,把书本都忘了!过来一群学生,一个个黑得像鬼,骨头把浴衣支得净是棱角。海水浴,太阳浴,可是吃的不够,营养不足,一口海水,准死,问题!早晚两顿窝窝头,练习跑万米!

"怎着,丁?"孙的头发一缕一缕的流着水。

"来歇歇,不要太努力,空气硬,海水硬!"丁还想着身体问题;中国人应当练太极拳,真的。

走了一拨儿人,大概是一家子:四五个小孩,都提着小铁筒,四十多岁的一个妇人,改组脚,踵印在沙上特别深;两位姑娘,孙的眼睛跟着她们;一位五十多的男子,披着绣龙的浴袍。退职的军官!

岛那边起了一片黑云,炮台更绿了。

海里一起一浮,人头,太平圈,水沫,肩膀,尖尖的呼叫;黄头发的是西洋人,还看得出男女来。都动,心里都跳得快一些,不知成全了多少情侣，崂山，小船，饭店；相看好了，浑身上下，巡警查旅馆，没关系。

孙有情人。丁主张独身，说不定遇见理想的女郎也会结婚的。不，独身好，小孩子可怕。一百五，自己够了；租房子，买家具，雇老妈，生小孩，绝不够。性欲问题。解决这个问题，不必结婚。社会，封建思想，难！向哪个女的问一声也得要钻石戒指！

"孙，昨晚上你哪儿去了？"想着性欲问题。

"秉烛夜游，良有以也。"孙坐在丁旁边。退职的军官和家小已经不见了。

丁笑了，孙荒唐鬼，也挣一百五！还有情人。

不，孙不荒唐。凡事揩油；住招待所，白住；跟人家要跳舞票；白坐公众汽车，火车免票；海水浴不花钱，空气是大家的；一碗粥，二十个锅贴，连小账一角五，一角五；一百五，他够花的，不荒唐，狡猾！

"丁，你的照像匣呢？"

"没带着。"

"明天用，上崂山，坐军舰去。"孙把脚埋在沙子里。

水兵上来了，臂上的刺花更蓝了一些，妓女的腿上有些灰瘢，像些苔痕。

· 172 ·

胖妇人的脸红得像太阳，腿有许多许多肉褶，刚捆好的肘子。

又走了好几群人，太阳斜了下去，走了一只海船，拉着点白线，金红的烟筒。

"孙，你什么时候回去？还有三天的假，处长可厉害！"

"我，黄鹤一去不复返，来到青岛，住在青岛，死于青岛，三岛主义，不想回去！"

那个家伙像刘，不是。失望！他乡遇故知。刘，幼年的同学，快乐的时期，一块跑得像对儿野兔。中学，开始顾虑，专门学校，算术不及格，毕了业。一百五，独身主义，不革命，爱国，中国有进步。水灾，跳舞赈灾，孙白得两张票；同女的一块去，一定！

"李处长？"孙想起来了，"给我擦屁股，不要！告诉你，弄个阔女的，有了一切！你，我，专门学校毕业，花多少本钱？有姑娘的不给咱们给谁？咱们白要个姑娘么？你明白。中国能有希望，只要我们舒舒服服的替国家繁殖，造人。要饭的花子讲究有七八个，张公道，三十五，六子有靠；干什么？增加土匪，洋车夫。我们，我们不应当不对社会负责任，得多来儿女，舒舒服服的连丈人带夫人共值五十万，等于航空奖券的特奖！明白？"

"该走喽。"丁立起来。

"败败！估败！"孙坐着摇摇手，太阳光照亮他的指甲，"明天这儿见！估拉克！"

丁望了望，海中人已不多，剩下零散的人头，与救生船上的红旗，一块上下摆动，胖妇人，水兵，妓女，都不见了。音乐，远处有人吹着口琴。他去换衣服，噗—嘎—嘟嘟！马路上的汽车接连不断。

出来，眼角上撩到一个顶红的嘴圈，上边一鼓一鼓的动，口香糖。过去了。腿，整个的黄脊背，高底鞋，脚踵圆亮得像个新下的鸡蛋。几个女学生唧唧的笑着，过去了。他提着湿的浴衣，顺着海滨公园走。大叶的洋梧桐摇着金黄的阳光，松把金黄的斜日吸到树干上；黄石，湿硬，看着白的浪花。

一百五。过去的渺茫，前游……海，山，岛，黄湿硬白浪的石头，白浪。美，美是一片空虚。事业，建设，中国的牌楼，洋房。跑过一条杂种的狗。中国有进步。肚中有点饿，黄花鱼，大虾，中国渔业失败，老孙是天才，国亡以后，他会白吃黄花鱼的。到哪里去吃晚饭？寂寞！水手拉着妓女，退职军官有妻子，老孙有爱人。丁只有一身湿的浴衣。皮肤黑了也是成绩。回到公事房去，必须回去，青岛不给我一百五。公事房，烟，纸，笔，闲谈，闹意见。共计一百五十元，扣所得税二元五角，支票一百四十七元五角，邮政储金二十五元零一分。把湿浴衣放在黄石上，他看着海，大自然的神秘。海阔天空,从袋中掏出漆盒,只剩了一支"小粉"包,没有洋火!海空气太硬,胸窄一点,把漆盒和看家的那支烟放回袋里。手插在腰间,望着海,山,远帆,中国的阿波罗!

……

番　表

我俩的卧铺对着脸。他先到的。我进去的时候,他正在和茶房捣乱;非我解决不了。我买的是顺着车头这面的那张,他的自然是顺着车尾。他一定要我那一张,我进去不到两分钟吧,已经听熟了这句:"车向哪边走,我要哪张!"茶房的一句也被我听熟了:"定的哪张睡哪张,这是有号数的!"只看我让步与否了。我告诉了茶房:"我在哪边也是一样。"

他又对我重念了一遍:"车向哪边走,我就睡哪边!"

"我翻着跟头睡都可以!"我笑着说。

他没笑,眨巴了一阵眼睛,似乎看我有点奇怪。

他有五十上下岁,身量不高,脸很长,光嘴巴,唇稍微有点包不住牙;牙很长很白,牙根可是有点发黄,头剃得很亮,眼睛时时向上定一会儿,像是想着点什么不十分要紧而又不愿忽略过去的事。想一会儿,他摸摸行李,或掏掏衣袋,脸上的神色平静了些。他的衣裳都是绸子的,不时髦而颇规矩。

对了,由他的衣服我发现了他的为人,凡事都有一定的讲究与规矩,一点也不能改。睡卧铺必定要前边那张,不管是他定下的不是。

车开了之后,茶房来铺毯子。他又提出抗议,他的枕头得放在靠窗的那边。在这点抗议中,他的神色与言语都非常的严厉,有气派。枕头必放在靠窗那边是他的规矩,对茶房必须拿出老爷的派头,也是他的规矩。我看出这么点来。

车刚到丰台,他嘱咐茶房:"到天津,告诉我一声!"

看他的行李和他的神气,不像是初次旅行的人,我纳闷为什么他在这么早就张罗着天津。又过了一站,他又嘱咐了一次。茶房告诉他:"还有三点钟才到天津呢。"这又把他招翻:"我告诉你,你就得记住!"等茶房出去,他找补了声:"混账!"

骂完茶房混账,他向我露了点笑容;我幸而没穿着那件蓝布大衫,所以他肯向我笑笑,表示我不是混账。笑完,他又拱了拱手,问我:"贵姓?"我告诉了他;为是透着和气,回问了一句,他似乎很不愿意回答,迟疑了会儿才说出来。待了一会儿,他又问我:"上

· 177 ·

哪里去?"我告诉了他,也顺口问了他。他又迟疑了半天,笑了笑,定了会儿眼睛:"没什么!"这不像句话。我看出来这家伙处处有谱儿,一身都是秘密。旅行中不要随便说出自己的姓、职业与去处;怕遇上绿林中的好汉;这家伙的时代还是《小五义》的时代呢。我忍不住的自己笑了半天。

到了廊房,他又嘱咐茶房:"到天津,通知一声!"

"还有一点多钟呢!"茶房瞭了他一眼。

这回,他没骂"混账",只定了会儿眼睛。出完了神,他慢慢的轻轻的从铺底下掏出一群小盒子来:一盒子饭,一盒子煎鱼,一盒子酱菜,一盒子炒肉。叫茶房拿来开水,把饭冲了两过,而后又倒上开水,当作汤,极快极响的扒搂了一阵。这一阵过去,偷偷的夹起一块鱼,细细的哑,哑完,把鱼骨扔在了我的铺底下。又稍微一定神,把炒肉拨到饭上,极快极响的又一阵。头上出了汗。喊茶房打手巾。

吃完了,把小盒中的东西都用筷子整理好,都闻了闻,郑重的放在铺底下,又叫茶房打手巾。擦完脸,从袋中掏出银的牙签,细细的剔着牙,剔到一段落,就深长饱满的打着响嗝。

"快到天津了吧?"这回是问我呢。

"说不甚清呢。"我这回也有了谱儿。

"老兄大概初次出门？我倒常来常往！"他的眼角露出轻看我的意思。

"嗳，"我笑了，"除了天津我全知道！"

他定了半天的神，没说出什么来。

查票。他忙起来。从身上掏出不知多少纸卷，一一的看过，而后一一的收起，从衣裳最深处掏出，再往最深处送回，我很怀疑是否他的胸上有几个肉袋。最后，他掏出皮夹来，很厚很旧，用根鸡肠带捆着。从这里，他拿出车票来，然后又掏出个纸卷，从纸卷中检出两张很大，盖有血丝胡拉的红印的纸来。一张写着——我不准知道——像蒙文，那一张上的字容或是梵文，我说不清。把车票放在膝上，他细细看那两张文书，我看明白了：车票是半价票，一定和那两张近乎李白醉写的玩艺有关系。查票的进来，果然，他连票带表全递过去。

下回我要再坐火车，我当时这么决定，要不把北平图书馆存着的档案拿上几张才怪！

车快到天津了，他忙得不知道怎好了，眉毛拧着，长牙露着，出来进去的打听："天津吧？"仿佛是怕天津丢了似的。茶房已经起誓告诉他："一点不错，天津！"他还是继续打听。入了站，他急忙要下去，又不敢跳车，走到车门又走了回来。刚回来，车立定了，他赶紧又往外跑,恰好和上来的旅客与脚夫顶在一处,谁也不让步,激烈的顶着。在顶住不动的工夫,他看见了站台上他所要见的人。他把嘴张得像无底的深坑似的,拼命的喊:"凤老!凤老!"

凤老摇了摇手中的文书,他笑了;一笑懈了点劲,被脚夫们给挤在车窗上绷着。绷了有好几分钟,他钻了出去。看,这一路打躬作揖,双手扯住凤老往车上让,仿佛到了他的家似的,挤撞拉扯,千辛万苦,他把凤老拉了上来。忙着倒茶,把碗中的茶底儿泼在我的脚上。

坐定之后,凤老详细的报告:接到他的信,他到各处去取文书,而后拿着它们去办七五折的票。正如同他自己拿着的番表,只能打这一路的票;他自己打到天津,北宁路;凤老给打到浦口,津浦路;京沪路的还得另打;文书可已经备全了,只须在浦口停一停,就能办妥减价票。说完这些,凤老交出文书,这是津浦路的,那是京沪路的。这回使我很失望,没有藏文的。张数可是很多,都盖着大红印,假如他愿意卖的话,我心里想,真想买他两张,存作史料。

他非常感激凤老,把文书车票都收入衣服的最深处,而后从枕头底下搜出一个梨来,非给凤老吃不可。由他们俩的谈话中,我听出点来,他似乎是司法界的,又似乎是作县知事的,我弄不清楚,因为每逢凤老要拉到肯定的事儿上去,他便瞭我一眼,把话岔开。

凤老刚问到，唐县的情形如何，他赶紧就问五嫂子好？凤老所问的都不得结果，可是我把凤老家中有多少人都听明白了。

最后，车要开了，凤老告别，又是一路打躬作揖，亲自送下去，还请凤老拿着那个梨，带回家给小六儿吃去。

车开了，他扒在玻璃上喊："给五嫂子请安哪！"

车出了站，他微笑着，掏出新旧文书，细细的分类整理。整理得差不多了，他定了一会儿神，喊茶房："到浦口，通知一声！"

"火" 车

除夕。阴历的,当然;国历的那个还未曾算过数儿。

火车开了。车悲鸣,客轻叹。有的算计着:七,八,九,十;十点到站,夜半可以到家;不算太晚,可是孩子们恐怕已经睡了;架上放着罐头,干鲜果品,玩具;看一眼,似乎听到唤着"爸",呆呆的出神。有的知道天亮才能到家,看看车上的人,连一个长得像熟人的都没有;到家,已是明年了!有的……车走的多慢!心已到家一百多次了,身子还在车上;吸烟,喝水,打哈欠,盼望,盼望,扒着玻璃看看,漆黑,渺茫;回过头来,大家板着脸;低下头,泪欲流,打个哈欠。

二等车上人不多。胖胖的张先生和细瘦的乔先生对面坐着。二位由一上车就把绒毯铺好,为独据一条凳。及至车开了,而车上旅客并不多,二位感到除夕奔驰的凄凉,同时也微觉独占一凳的野心似乎太小了些。同病相怜;二人都拿着借用免票,而免票早一天也匀不出来。意见相合:有免票的人教你等到年底,你就得等到年底;而有免票的人就是愿意看朋友干着急,等得冒火!同声慨叹:今日的朋友——哼,朋友!——远非昔日可比了,免票非到除夕不撒手,还得搭老大的人情呀!一齐点头:把误了过年的罪过统统归到朋友身上;平常日子借借免票,倒还顺利,单等到年底才咬牙,看人一手儿!一齐没好意思出声:真他妈的!

胖张先生脱下狐皮马褂,想盘腿坐一会儿;太胖,坐不牢;车上也太热,胖脑门上挂了汗:"茶房,打把手巾!"又对瘦乔先生:"车里老弄这么热干吗?坐飞机大概可以凉爽一点。"

乔先生早已脱去大衣,穿着西皮筒的皮袍,套着青缎子坎肩,并不觉得热:"飞机也有免票,不难找;可是——"瘦瘦的一笑。

"总以不冒险的为是!"张先生试着劲儿往上盘两只胖腿,还不易成功。"茶房,手巾!"

茶房——四十多岁,脖子很细很长,似乎可以随时把脑袋摘下来,再安上去,一点也不费事——攥着满手的热毛巾,很想热心服务,可是委屈太大了,一进门便和小崔聊起来:"看见了没有?二十七,二十八,连跟了两次车,算计好了大年三十歇班。好,事到临期，刘先生上来了：老五，三十还得跑一趟呀！唉，看见了没有？路上一共六十多伙计，单短我这么一个！过年不过，没什么；单说这股子别扭劲！"长脖子往胖张先生那边探了探，毛巾换了手，揭起一条来，让小崔："擦一把！我可就对刘先生说了：过年不过没什么，大年三十'该'我歇班；跑了一年的车了，恰好赶上这么个巧当儿！六十多伙计，单缺我……"长脖子像倒流瓶儿似的，上下咕噜着气泡，憋得很难过。把小崔的毛巾接过来，才又说出话来，"妈的不用混了，不干了，告诉你，事情妈的来得邪！一年到头，好容易……"

小崔的绿脸上泛出一点活儿气来，几乎可以当作笑意；头微微的点着，又要往横下里摇着；很想同情于老五，而决不肯这么轻易的失去自己的圆滑。自车长至老五，连各站上的挂钩的，都是小崔的朋友，他的瘦绿脸便是二等车票，就是闹到铁道部去大概也没人能否认这张特别车票的价值，正如同谁也晓得他身上老带着那么一二百两烟土而不能不承认他应当带着。小崔不能得罪人，对朋友们的委屈他都晓得，可就是不能给任何人太大的脸，而引起别人吃醋。他，谁也不得罪，所以谁也不怕；小崔这张车票——或是绿脸——印着全部人生的智慧。

"×，谁不是一年到头穷忙！"小崔想道出些自家的苦处，给老五一点机会抒散抒散心中的怨恨,像亚里士多德所说的悲剧的效果那样,"我还不是这样?大年三十还得跑这么一趟!这还不提,明天,大年初一,妈的还得看小红去!人家初一出门朝着财神爷走,咱去找那个臭×,×!"绿嘴唇咧开,露出几个乌牙;绿嘴唇并上,鼓起,拍,一口唾液,吐在地上。

老五果然忘了些自家的委屈,同病相怜,向小崔颤了颤长脖子,近似善表情的骆驼。毛巾已凉,回去重新用热水浇过;回来,经过小崔的面前,不再说什么,只微一闭眼,尚有余怨。车摇了一下,他身子微偏,把自己投到苟先生身旁。"擦一把!大年三十才动身?"问苟先生,以便重新引起自己的牢骚,对苟先生虽熟,而熟的程度不似对小崔那么高,所以须小小的绕个弯儿。

苟先生很体面,水獭领的青呢大衣还未曾脱去,崭新的青缎子小帽也还在头上,衣冠齐楚,端坐如仪,像坐在台上,等着向大家致词的什么大会主席似的。接过毛巾,手伸出老远,为是把大衣的袖子缩短一些;然后,胳臂不往回蜷,而画了个大半圆圈,手找到了脸,擦得很细腻而气派。把脸擦亮,更显出方头大耳朵的十分体面。只对老五点了点头,没有解释为什么在除夕旅行的必要。

"您看我们这个苦营生!"老五不愿意把苟先生放过去,可也不便再重述刚才那一套,更要把话说得有尺寸,正好于敬意之中带着些亲热,"三十晚上该歇,还不能歇!没办法!"接过来手巾,"您再来一把?"

苟先生摇了摇头,既拒绝了第二把毛巾,又似乎是为老五伤心,还不肯说什么。路上谁不晓得苟先生是宋段长的亲戚,白坐二等车是当然的,而且要拿出点身份,不能和茶房一答一和的谈天。

老五觉得苟先生只摇了摇头有点发秃,可是宋段长的亲戚既已只摇了头也就得设法认为满意。车又摇动得很厉害,他走着浪木似的走到车中间,把毛巾由麻花形抖成长方,轻巧而郑重的提着两角:"您擦吧?"张先生的胖手心接触到毛巾最热的部分,往脸上一捂,而后用力的擦,像擦着一面镜子。"您——"老五让乔先生。乔先生不大热心擦脸,只稍稍的把鼻孔中与指甲里的细腻而肥美的,可以存着也可以不存着的黑物让给了毛巾。

"待会儿就查票,"老五不便于开口就对生客人发牢骚,所以稍微往远处支了一笔,"查过票去,二位该歇着了;要枕头自管言语一声。车上没什么人,还可以睡一会儿。大年三十,您二位也在车上过了!我们跟车……无法!"不便说得太多了,看看二位的神气再讲。又递给张先生一把,张先生不愿再卖那么大力量,可是刚推过的短发上还没有擦过,需要擦几把,而头皮上是须用力气的;很勉强,擦完,吐了口气。乔先生没要第二把,怕力气都教张先生卖了,乃轻轻的用刚被毛巾擦过的指甲剔着牙。

"车上干吗弄这么热?!"张先生把毛巾扔给老五。

"您还是别开窗户；一开，准着凉！车上的事，没人管，我告诉您！"老五急转直下的来到本题，"您就说，一年到头跑车，好容易盼着大年三十歇一天，好，得了，什么也甭说了……"

老五的什么也甭说了也一半因为车到了一小站。

三等车下去几个人，都背着包，提着篮，匆匆的往站外走，又忽然犹豫了一下，惟恐落在车上一点什么东西。不下车的扒着玻璃往外看，有点羡慕人家已到了家，而急盼着车再快开了。二等车上没有下去的，反倒上来七八个军人，皮鞋山响，皮带油亮，搭上来四包特别加大的花炮，血红的纸包，印着金字。花炮太大，放在哪里也不合适，皮鞋乱响，前后左右挪动，语气粗壮，主意越多越没有决定。"就平放在地上！"营副发了言。"放在地上！"排长随着。一齐弯腰，立直，拍拍，立正敬礼。营副还礼："好啦，回去！"排长还礼："回去！"皮鞋乱响，灰帽，灰裹腿，皮带，一齐往外活动。"快下！"噜——笛声：闷——车头放响。灯光，人影，轮声，浮动。车又开了。

老五似乎有事，又似乎没事，由这头走到那头，看了看营副及排长，又看了看地上的爆竹，没敢言语，坐下和小崔聊起来。他还是抱怨那一套,把不能歇班的经过又述说了一回,比上次更详细满意。小崔由小红说到大喇叭,都是臭×。

老五心中微微有点不放心那些爆竹,又蹓回来。营副已然卧倒,似乎极疲乏,手枪放在小几上。排长还不敢卧倒,只摘了灰帽,拼命的抓头皮。老五没敢惊动营副,老远就向排长发笑:"那什么,我把这些炮放在上面好不好?"

"干吗?"排长正把头皮抓到歪着嘴吸气的程度。

"怕教人给碰了。"老五缩着脖子说。

"谁敢碰?! 干吗碰?!"排长的单眼皮的眼瞪得极大而并不威严。

"没关系。"老五像头上压了块极大的石头,笑得脸都扁了,"没关系!您这是上哪儿?"

"找揍!"排长心中极空洞,而觉得应当发脾气。

老五知道没有找揍的必要,轻轻的退到张先生这边:"这就查票了,您哪。"

张先生此时已和乔先生一胖一瘦的说得挺投缘。张先生认识子清,乔先生也认识子清,说起来子清还是乔先生的远亲呢。由子清引出干臣,张先生乔先生又都晓得干臣:坐下就能打二十圈,输掉了脑袋,人家干臣不能使劲摔一张牌,老那么笑不唧儿的,外场人,绝顶聪明。嗯,是去年,还是前年,干臣还娶了个人儿,漂亮,利落！干臣是把手，朋友！

查票：头一位，金箍帽，白净子，板着脸，往远处看。第二位，金箍帽，黑矮子，满脸笑意，想把头一位金箍帽的硬气调剂一下；三等车，二金箍帽的脸都板起；二等车，一板一开；头等车，都笑。第三位，天津大汉，手枪，皮带，子弹俱全；第四位，山东大汉，手枪，子弹，外加大刀。第五位，老五，细长脖挺也不好，缩也不好，勉强向右边歪着。从小崔那边进来的。

小崔的绿脸乌牙早在大家的记忆中，现在又见着了，小崔笑，大家反倒稍觉不得劲。头号金箍帽，眼视远处，似略有感触，把手中银亮的小剪子在腿上轻碰。第二金箍帽和小崔点点头。天津大汉一笑，赶紧板脸，似电灯的忽然一明一灭。山东大汉的手摸了摸帽檐，有许多话要对小崔说，暂且等会儿，眼神很曲折。老五似乎很替小崔难堪，所以须代大家向他道歉："坐，坐，没多少客人，回来说话！"小崔略感孤寂，绿脸上黑了一下，坐下。

老五赶到面前去："苟先生！"头号金箍帽觉得老五太张道好事，手早交给苟先生："段长好吧？怎么今天才动身？"苟先生笑，更体面了许多，手退回来，拱起，有声无字说了些什么，客气的意思很可以使大家想象到。二位大汉愣着，怪僵，搭不上话，微觉身份不够，但维持住尊严，腰挺得如板。

老五看准了当儿,轻步上前,报告张乔二位先生,查票。接过来,知是免票。乃特别加紧的恭敬。张先生的票退回;乔先生的稍迟,因为票上注明是女性,而乔先生是男子汉,实无可疑。二金箍帽的头稍凑近一处,极快的离开,暗中谅解:除夕原可女变为男。老五双手将票递回,甚多歉意。

营副已打呼。排长见查票的来到,急把脚放在椅上,表示就寝,不可惊动。大家都视线下移,看地上的巨炮。山东大汉点头佩服,爆竹真长且大。天津大汉对二号金箍帽:"准是给曹旅长送去的!"听者无异议,一齐过去。到了车门,头号金箍帽下令给老五:"教他们把炮放到上边去!"二号金箍帽补充上,亦可以略减老五的困难:"你给他们搬上去!"老五连连点头,脖子极灵动,口中不说,心里算好:"你们既不敢去说,我只好点头而已;点头与作不作向来相距很远。"天津大汉最为慎重:"准是给曹旅长送去的。"老五心中透亮,知爆竹必不可动。

老五回到小崔那里,由绿脸上的锈暗,他看出小崔需要一杯开水。没有探问,他就把开水拿来。小崔已顾不得表示谢意,掏出来——连老五也没看清——一点什么,右手大拇指按在左手的手心上,左手弯如一弓鞋;咧嘴,脸绿得要透白,有汗气,如受热放芽之洋葱。弓鞋扣在嘴上,微有起落,闭目,唇就水杯,瘦腮稍作漱势；纳气，喉内作响；睁开眼，绿脸上分明有笑纹。

"比饭要紧!"老五歪着头赞叹。

"比饭要紧!"小崔神足，所以话也直爽。

苟先生没法再不脱去大衣。脱下，眼珠欲转而定，欲定而转，一面是想把大衣放在最妥当的地方，一面是展示自己的态度臃重。衣钩太低，挂上去，衣的下半截必窝在椅上，或至出一二小褶。平放在空椅上，又嫌离自己稍远，减少水獭领与自己的亲密关系，亦不能久放在怀中，正如在公众场所不便置妾于膝上。不能决定。眼珠向上转去，架上放着自己的行李十八件：四卷，五篮，二小筐，二皮箱，一手提箱，二瓶，一报纸包，一书皮纸包！一！二！三！四……占地方长约二丈余，没有压挤之虞，尚满意。大衣仍在怀中，几乎无法解决，更须端坐。

快去过年，还不到家! 快去过年，还不到家! 轮声这样催动。可是跑得很慢。星天起伏，山树村坟集团的往后急退，冲开一片黑暗，奔入另一片黑暗；上面灰烟火星急躁的冒出，后退；下面水点白气流落，落在后边；跑，跑，不喘气，飞驰。一片黑，黑得复杂，过去了；一边黑，黑得空洞，过去了。一片积雪，一列小山，明一下，暗一下，过去了。但是，还慢，还慢，快去过年，还不到家！车上，灯明，气暖，人焦躁；没有睡意，快去过年，还不到家！辞岁，祭神，拜祖，春联，爆竹，饺子，杂拌儿，美酒佳肴，在心里，在口中，在耳旁，在鼻端，刚要笑，转成愁，身在车上，快去过年，还不到家！车外，黑影，黑影，星天起伏，积雪高低，没有人声，没有车马，全无所见，一片退不完，走不尽的黑影，抱着扯着一列灯明气暖的车，似永不撒手，快去过年，还不到家……

张先生由架上取下两瓶白酒来，一边涮茶碗，一边说：

"弟兄一见如故！咱们喝喝。到家过年，在车上也得过年，及时行乐！尝尝！真正二十年营口原封，买不到，我和一位'满洲国'的大官匀来的。来，杀口！"

乔先生不好意思拒绝，也不好意思就这么接着。眼看着碗，手没处放，心里想主意。他由架上取下个大纸包来，轻轻的打开，里面还有许多小纸包，逐一的用手指摸过，如药铺伙计抓完了药对着药方摸摸药包那样。摸准了三包：干荔枝，金丝枣，五香腐干，都打开，对着酒碗才敢发笑："一见如故！彼此不客气了！"

张先生的胖手捏破了一个荔枝，啪，响得有意思，恰似过年时节应有的响声。看着乔先生喝了一口酒，还看着，等酒已走下去才问："怎样？"

"太好了！"乔先生团着点舌头，似不肯多放走口中的酒香，"太好了！有钱也买不到！"

对喝。相让。慢慢的脸全红起来。随便的说,谈到家里,谈到职业,谈到朋友,谈到挣钱的不易,谈到免票……碗碰了碗,心碰了心,眼中都微湿,心中增多了热气与热烈,不能不慷慨:乔先生又打开一包蜜饯金橘。张先生本也想取下些纸包来,可是看了看酒,"两"瓶,乃就题发挥,消极的表示自家并不吝啬:"全得喝上!一人一瓶,一滴也不能剩!这个年过得还真不离呢!酒不醉人;哥儿俩投缘,喝多少也不碍事!干上!"

"我的量可——"

"没的话!二十年的原封,决不能出毛病!大年三十交的朋友,前缘!"

乔先生颇受感动:"好,我舍命陪君子!"

小崔也不怎么有点心事似的,谈着谈着老五觉得有到饭车上找点酒食的必要,而让小崔安静的忍个盹儿。"怎么着?饭车上去?"老五立起来,向车里瞭望。

小崔没搭碴儿。老五见苟先生已躺下,一双脚在椅子扶手上仰着,新半毛半线的棕黄色袜子还带着中间那道褶儿。张乔二位免票喝得正高兴。营副排长都已睡熟,爆竹静悄而热烈的在地上放着,纸色血红。老五偷偷的奔了饭车去。

小崔团了一团,窝在椅子上,闭上眼,嘴上叼着半截香烟。

张先生的一瓶已剩下不多,解开了钮扣,汗从鬓角流到腮上,眼珠发红舌头已木,话极多。因舌头不利落,所以有些话从横着来。但是心中还微微有点力量,在要对乔先生骂街之际,还能卷住舌头,把乱骂变为豪爽,并非闹酒不客气。乔先生只吞了半瓶,脸可已经青白,白得可怕。掏出烟卷,扔给了张先生一支。都点着了烟。张先生烟在口中,仰卧椅上,腿的下半截悬空,满不在乎。想唱《孤王酒醉》,嗓子干辣无音,用鼻子吐气,如怒牛。乔先生也歪下去,手指夹烟卷,眼直视斜对过的排长的脚,心跳,喉中作嗝,脸白而微痒。

快去过年,还不到家!轮声在张先生耳中响得特别快,轮声快,心跳得快,忽然嗡——,头在空中绕弯,如蝇子盘空,到处红亮,心与物一色,成若干红圈。忽然,嗡声收敛,心盘旋落身内,微敢睁眼,胆子稍壮,假装没事,胖手取火柴,点着已灭了的香烟。火柴顺手抛出。忽然,桌上酒气极强,碗,瓶,几上,都发绿光,飘渺,活动,渐高,四散。乔先生惊醒,手中烟卷已成火焰。抛出烟卷,双手急扑几上,瓶倒,碗倾,纸包吐火苗各色。张先生脸上已满是火、火苗旋转,如舞火球。乔先生想跑,几上火随纸灰上腾,架上纸包仿佛探手取火,火苗联成一片。他自己已成火人,火至眉,眉焦;火至发,发响;火至唇,唇上酒燃起,如吐火判官。

忽然，啪，啪，啪……连珠炮响。排长刚睁眼，鼻上一"双响"，血与火星并溅；起来，狂奔，脚下，身上，万响俱发，如践地雷。营副不及立起，火及全身，欲睁眼，右眼被击碎。

苟先生惊醒，先看架上行李，一部分纸包已烧起，火自上而下，由远而近，若横行火龙，浑身火舌。急起飞智，打算破窗而逃，拾鞋打玻璃，玻璃碎，风入，火狂；水獭领，四卷五篮，身上，都成燃料。车疾走，呼，呼，呼，风；啪，啪，啪，爆竹；苟先生狂奔。

小崔惯于旅行，闻声尚不肯睁眼，火已自足部起，身上极烫，烟土烧成膏；急坐起，烟，炮，火光，不见别物。身上烟膏发奇香，至烫，腿已不能动，渐及上部，成最大烟泡，形如茧。

小崔不能动，张先生醉得不知道动，乔先生狂奔，苟先生狂奔，排长狂奔，营副跪椅上长号。火及全车，硫黄气重，纸与布已渐随爆竹声残灭，声敛，烟浓；火炙，烟塞，奔者倒，跪者声竭。烟更浓，火入木器，车疾走，风呼呼，烟中吐红焰，四处寻出路。火更明，烟白，火舌吐窗外，全车透亮，空明多姿，火舌长曳，如悬百十火把。

车入了一小站，不停。持签的换签，心里说"火"！持灯的放行，心里说"火"！搬闸的搬闸，路警立正，都心里说"火"！站长半醉，尚未到站台，车已过去；及到站台，微见火影，疑是眼花。

持签的交签,持灯的灭灯,搬闸的复闸,路警提枪入休息室,心里都存着些火光,全不想说什么。过了一会儿,心中那点火光渐熄,群议如何守岁,乃放炮,吃酒,打牌,天下极太平。

车出站,加速度。风火交响,星花四落,夜黑如漆,车走如长灯,火舌吞吐。二等车但存屋形,火光里实存炭架。火舌左右扑空,似乎很失望,乃前乃后,入三等车。火舌的前面,烟为导军,腥臭焦甜。烟到,火到,"火!火!火!"人声忽狂,胆要裂。人多,志昏,有的破窗而迟疑不肯跳下,有的奔逃,相挤俱仆,有的呆坐,欲哭无声,有的拾起筐篮……乱,怕,无济于事,火已到面前,到身上,到头顶,哭喊,抱头,拍衣,狂奔,跳车……

火找到新殖民地,物多人多,若狂喜,一舌吐出,一舌远掷,一舌半隐烟中,一舌突挺窗外,一舌徘徊,一舌左右联烧,姿体万端,百舌齐舞;渐成一团,为火球,为流星,或滚或飞;又成一片,为红为绿,忽暗忽明,随烟爬行,突裂烟成焰,急流若惊浪;吱吱作响,炙人肉,烧毛发;响声渐杂,物落人嚎,呼呼借风成火阵;全车烧起,烟浓火烈,为最惨的火葬!

又到站,应停。持签的,打灯的,收票的,站岗的,脚行,正站长,副站长,办事员,书记,闲员,都干瞪眼,站上没有救火设备。二等车左右三等车各一辆,无人声,无动静,只有清烟缓动,

·196·

明焰静燃,至为闲适。

据说事后检尸,得五十二具;沿路拾取,跳车而亡者又十一人。

元宵节后,调查员到。各方面请客,应酬很忙。三日酒肉,顾不及调查。调查专员又有些私事,理应先办,复延迟三日。宴残事了,乃着手调查。

车长无所知,头号金箍帽无所知,二号金箍帽无所知,天津大汉无所知,山东大汉无所知,老五无所知,起火原因不明。各站报告售出票数与所收票数,正相合,恰少六十三张,似与车俱焚,等于所拾尸数。各站俱未售出二等票,二等车必为空车,绝对不能起火。

审问老五,虽无所知,但火起时老五在饭车上,既系二等车的看车夫,为何擅离职守,到饭车上去?起火原因虽不明,但擅离职守,罪有当得,开除示惩!

调查专员回衙复命,报告详细,文笔甚佳。

"大年三十歇班,硬还教我跟车;妈的干不干没多大关系!"老五颤着长脖,对五嫂说,"开除,正好,此处不留爷,自有留爷处!你甭着急,离了火车还不能吃饭是怎着?!"

"我倒不着急,"五嫂想安慰安慰老五,"我倒真心疼你带来那些青韭,也教火给烧了!"

图书在版编目（CIP）数据

老舍·幽默小说/ 老舍著；舒乙编. -- 上海：上海文艺出版社，2018
（新文艺·中国现代文学大师读本）
ISBN 978-7-5321-6791-3
Ⅰ.①老… Ⅱ.①老…②舒… Ⅲ.①短篇小说－小说集－中国－现代
Ⅳ.①I246.7
中国版本图书馆CIP数据核字(2018)第205770号

发 行 人：陈　征
责任编辑：李　霞
美术编辑：周志武
封面设计：梁业礼

书　　名：老舍·幽默小说
作　　者：老舍
编　　者：舒乙
出　　版：上海世纪出版集团　上海文艺出版社
地　　址：上海绍兴路7号　200020
发　　行：上海文艺出版社发行中心
　　　　　上海市绍兴路50号　200020　www.ewen.co
印　　刷：上海盛通时代印刷有限公司
开　　本：850×1168　1/32
印　　张：6.625
插　　页：2
字　　数：117,000
印　　次：2018年9月第1版　2018年9月第1次印刷
Ｉ Ｓ Ｂ Ｎ：978-7-5321-6791-3/I·5420
定　　价：25.00元
告 读 者：如发现本书有质量问题请与印刷厂质量科联系　T:021-37910000